准教授・高槻彰良の推察EX《エクストラ》

澤村御影

角川文庫
22751

目次

主なキャラクター紹介

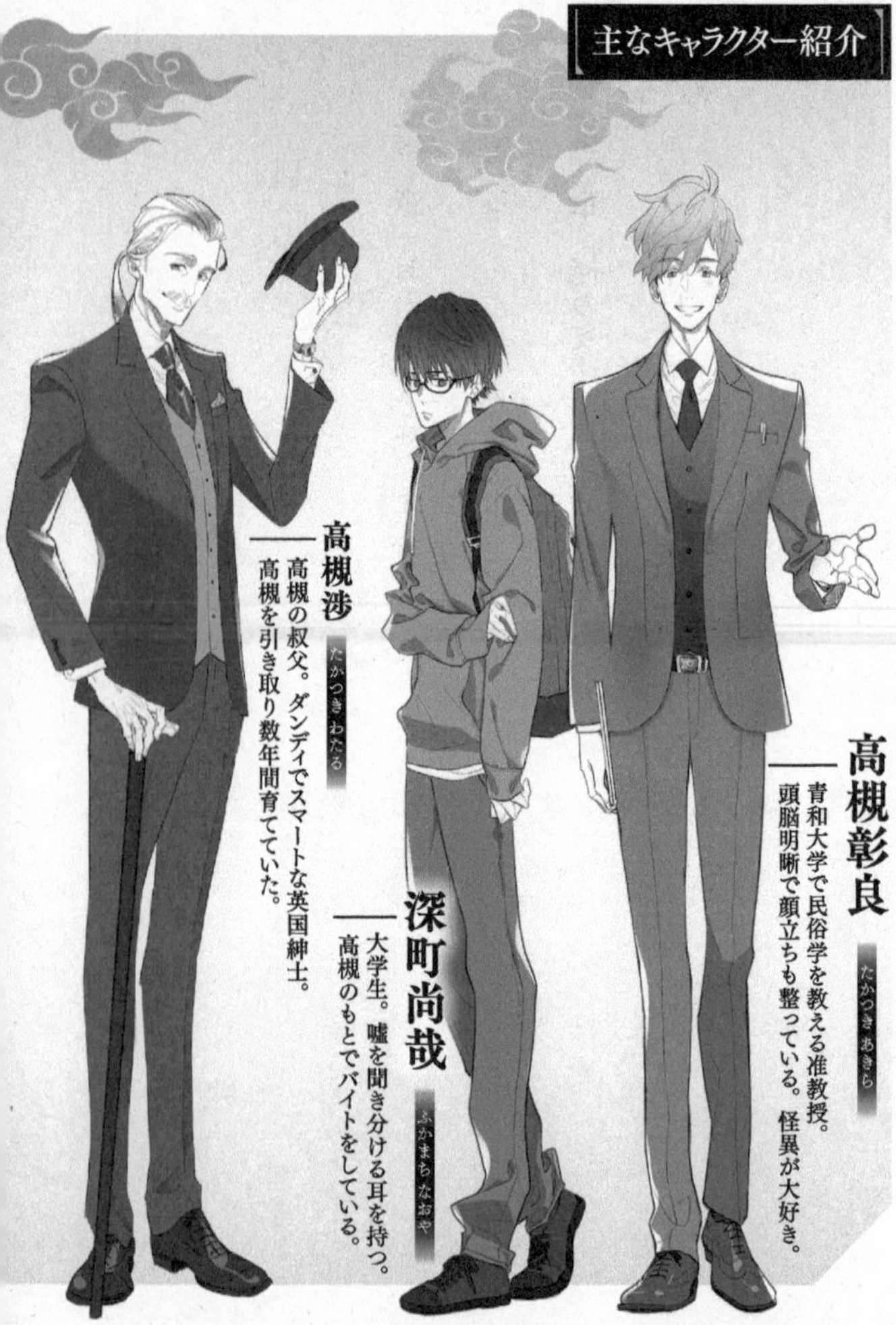

高槻彰良《たかつき あきら》

青和大学で民俗学を教える准教授。
頭脳明晰で顔立ちも整っている。怪異が大好き。

深町尚哉《ふかまち なおや》

大学生。嘘を聞き分ける耳を持つ。
高槻のもとでバイトをしている。

高槻渉《たかつき わたる》

高槻の叔父。ダンディでスマートな英国紳士。
高槻を引き取り数年間育てていた。

佐々倉健司《ささくら けんじ》
捜査一課の刑事で、高槻の幼馴染。
目つきが鋭く強面。
生方瑠衣子《うぶかた るいこ》
民俗学研究室の院生。
メガネの似合う美人なのだが……。
難波要一《なんば よういち》
尚哉の数少ない友人。
さっぱりとした気のいい性格。

イラスト：鈴木次郎

第一章　お人形あそびましょ

——青和《せいわ》大学の名物と言うべき人物は誰か。

他の学部はいざ知らず、文学部の学生達にこう問うたなら、たぶん真っ先に挙がるのは史学科民俗学考古学専攻の高槻彰良《たかつきあきら》准教授だろう。

大きな二重の目に、すっと綺麗《きれい》に通った鼻筋。甘く端整な顔に柔らかな笑みを浮かべ、すらりとした長身を仕立ての良い三つ揃いのスーツで包んだその様は、今すぐ大学など辞めて役者かモデルにでもなれと誰もが思うほどだ。しかし、その研究内容はなかなかにぶっ飛んでいて、口裂け女だの人面犬だのといった現代の怪談や都市伝説について実に楽しそうに講義で語る。見た目も中身も学生人気の高い人物である。

勿論《もちろん》、彼の他にもキャラの濃い教授や准教授はいる。たとえば、文学科英文学専攻の段田公治《だんだきみはる》教授は、かつて講義の最中に戯曲『アマデウス』の一場面を一人で演じ、学生達の拍手喝采《かっさい》をさらったことがあるという。今でも乞《こ》われれば、いつでもどこでもラストのサリエリの独白を情感たっぷりに語ってくれるらしい。また、日本文学専攻の近藤《こんどう》頼通《よりみち》准教授は、平安文学が専門のせいか、語り口調がやたらと雅《みやび》なうえに本人も公家《くげ》顔だ。ついたあだ名は「一人平安絵巻」。大学という場所は変わり者には事欠かない。

そして、もう一人。

史学科日本史専攻の三谷孝行《みたにたかゆき》教授もまた、一部の学生の間で「あれはヤバい」と言われている変人の一人である。

深町尚哉《ふかまちなおや》が三谷の人となりを知ったのは、去年の十月。

ちょうど、調布《ちょうふ》市立第四小学校でのコックリさん騒動の後のことだった。コックリさんに端を発する『五年二組のロッカー』の怪談を高槻が調査に行き、子供達の前で再びコックリさんを行うことで騒動を収めた件である。

それから一週間ほどして、五年二組の担任のまりか先生から高槻宛てに手紙が届いたのだ。その後の顛末《てんまつ》について聞くために、尚哉は高槻の研究室を訪れた。

「五年二組の子供達は、すっかり落ち着きを取り戻したみたいだ。子供達の方から千夏《ちなつ》ちゃんに皆で手紙を書こうという話が出てきて、まりか先生はちょっと複雑な気持ちで喜んでるそうだよ」

高槻はそう言って、まりか先生からの手紙を尚哉に差し出した。

手紙には、丁寧な文字で、お礼の言葉と子供達の様子が綴《つづ》られていた。最初の依頼は電子メールだったが、お礼の手紙は手書きなところが、まりか先生の気持ちの表れなのかもしれない。

「それなら、五年二組以外の子供達も、もうあの怪談で騒ぐことはないですよね。よかったですね」

読み終わった手紙を封筒に戻しながら、尚哉は言った。

『五年二組のロッカー』の怪談は、一時は第四小学校全体に広がり、多くの児童を恐怖に陥れたという。だが、当事者である五年二組の子達が落ち着きを取り戻せば、その周りにいる者達もまた平穏な状態に戻るのではないだろうか。

だが、高槻は、尚哉の分のコーヒーを入れながら、首を横に振った。

「いや、そうでもないみたいだよ。昨日、智樹《ともき》くんと電話で話したんだけど、他のクラスの子達は今でもロッカーの怪談を信じてるそうだ。放課後に一人で五年二組のロッカーを覗きに行くという肝試しが流行《はや》ってるらしい」

「えっ、大丈夫なんですかそれ」

「別にそれでヒステリーを起こしたり、本当に呪われたりした子はいないみたいだから、特に問題はないよ。それに、前にも言ったでしょう？　学校レベルで広がった怪談は、そう簡単には消えないって」

楽しげに笑いながら、高槻が尚哉の前に犬の絵が描かれたマグカップを置いた。

自分はマシュマロココアの入った青いマグカップを片手に、尚哉の隣に腰を下ろす。

「怪談を広めるのは、常に当事者以外の者達だよ。そのうち、五年二組で起きた本当の出来事なんて全く知らない子供が、想像力豊かに『五年二組のロッカー』の怪談を改変し始めるだろうね。より語りやすく、より面白く、より怖くなるように、もともとあったはずの要素を引っこ抜き、代わりに別の要素を足し込んで、話を成長させていくはずだ。——ああ、楽しみだねえ。あの怪談は、どんなふうに生まれ変わっていくんだろう。智樹くんが卒業するまでは、定期的に話を聞いてみようかな」

『五年二組のロッカー』の件のそもそもの依頼人である大河原《おおがわら》智樹は、高槻に随分と懐いていた。高槻が尋ねれば、学校でリアルタイムに語られている怪談について、その都度大威張りで教えてくれそうだ。

そのときだった。

誰かが研究室の扉をノックした。

「はい、どうぞ」

高槻がそう声を返す。

かちゃり、と扉が開いた。

が、なぜかノックの主はなかなか研究室に入ってこようとしない。

怪訝《けげん》に思った尚哉が、扉の方に目を向けたときだった。

わずかだけ開いた扉の隙間から、白い顔がすうっと半分だけ覗《のぞ》いた。

心臓が口から飛び出るかと思った。

ふっくらとした頬に、真っ黒な髪。紅を刷《は》いた小さな唇。黒目がちといえば聞こえはいいが、ほとんど黒目で埋め尽くされたような目。――童女のようなその顔は、しかしその全てが人のものではありえないほどに小さい。

当然だ。人形なのだから。

たぶん、市松人形と呼ばれる類《たぐい》のやつだ。花柄の赤い着物をまとった人形が扉の隙間からじっとこちらを覗いているその様は、はっきり言ってホラー映画のワンシーンだ。

と、人形が口をきいた。

「たーかーつーきーくぅん」

おっさんの声だった。

「あーそーびーまーしょーお」

まるで子供のような口調で呼びかけるおっさんの声に合わせて、ゆらゆらと人形が左右に揺れる。怖い。ますますホラーだ。

が、高槻はまるで動じる様子もなく、なんと同じテンションでそれに応えた。

「はーあーい。――どうぞお入りください、三谷先生」

あらためて、扉が大きく開く。

そこに立っていたのは、ぽっちゃりとした小柄な男性だった。

登場の仕方の異常さに比べると、意外なほどに人の好さそうな雰囲気だ。黒縁の眼鏡をかけた顔には柔和な笑みが浮かんでいる。ふくぶくしい頬は卵のようにつるんとしているが、少しパーマのかかった髪は白髪交じりで、一見して年齢がわかりづらかった。

丸い手で、大事そうに先程の人形を胸に抱えている。高槻が「先生」と呼んだからには教授陣の一人なのだろうが、尚哉は知らない顔だった。

「あれえ？　ごめんねえ、学生の指導中だった？　お邪魔なら出てくけど」

三谷は尚哉を見て、のんびりとした口調でそう言った。

「あ、えっと、俺、別にもう用事は済んでますから、帰ります」

尚哉が慌てて立ち上がろうとすると、三谷は「ああ、いいんだよ別に」と鷹揚《おうよう》に手を振って、

「僕も、そんなたいした用事じゃないんだ。高槻くんにこの子を見せに来ただけ。えへへ、いいでしょう！」

両手で人形を目の高さに持ち上げる。台詞《せりふ》も仕草も、まるっきり新しいおもちゃを自慢しに来た子供のそれである。

だが、肝心の人形は新品などでは全くなく、むしろとても古いもののように見えた。頬には薄く染みのような汚れが広がっているし、髪は乱れてぼさぼさで、着物もだいぶ色褪《いろあ》せている。そのくせ、ぱっちりと開いた瞳《ひとみ》は妙に黒々として艶《つや》があり、うっすら笑っているように見える唇もやけにリアルで、なんだか薄気味が悪い。というか怖い。

「深町くん。三谷先生は、市松人形のコレクターなんだよ。ほら、前に言わなかったっけ、研究室に市松人形をたくさん置いてる先生がいるって」

高槻が言う。そういえば、そんな話を聞いた気もする。確か、院生が気味悪がって研

究室に近づかないとかいう話じゃなかっただろうか。

　三谷は照れたように片手で頭を掻《か》き、

「いやいやそんな、コレクターって程じゃないよ。単に、蚤《のみ》の市《いち》とか古道具屋さんを回るのが趣味なんだ。そういうところでこの子達と目が合うと、つい連れて帰っちゃうってだけ。だって可哀想でしょ、壺《つぼ》やら皿やらと一緒に売りに出されるなんてさあ」

「新しい子をお迎えすると、いつもこうして見せに来てくれるんですよね」

「うふふ、高槻くんは他の人みたいに気味悪がらないから、好きさ」

　三谷が嬉《うれ》しそうに笑いながら、尚哉の向かいにある椅子に腰を下ろす。高槻が立ち上がり、三谷の分の飲み物を用意し始めた。どうやら二人は仲良しらしい。

　邪魔になったら悪いかなと思って、尚哉が「やっぱり帰ります」と言おうとしたときだった。

　三谷が、まるで機械仕掛けの人形みたいな動きで、突然くるりと尚哉の方を向いた。

「ところで君は、文学部の学生？　一年生かな？」

「……あ、はい、文学部一年の深町です」

　いきなり話しかけられて、尚哉は椅子から浮かせかけていた腰を半端に戻す。

　三谷は膝《ひざ》に乗せた人形をなでながら、にこにこと尚哉に笑いかけた。

「そう。僕は、日本近代史を教えている三谷です。よろしくね。……あ、君、僕の講義取ってないよねえ？　見覚えがない気がするから、はじめましてでいいと思ったんだけど。もし間違ってたらごめんね？」

「あ、いえ、近代史は取ってないです。……すみません、日本史は割と好きなんですけど、江戸時代くらいまでの方が好みで」

「ああ、うん、そういう子は多いよねえ。それってやっぱり、ドラマとか漫画とかゲームで取り上げるのが江戸時代以前が多いからかなあ？　君、何で近代史嫌いなの？」

ほう、と悲しげなため息を吐いて、三谷が尚哉にそう尋ねる。困った。帰るタイミングを見失った気がする。尚哉は仕方なく椅子に座り直し、三谷の膝の上にあるものから微妙に目をそらしながら、

「別に嫌いってわけじゃないんですけど、戦国時代とか江戸時代に比べると、近代ってなんか馴染《なじ》みがない気がするっていうか……あと単純に、覚えることが多くて面倒くさかった気がして。何年に何ていう法律ができたとか、そのときの総理大臣は誰だとか」

「でもさあ、近代より前だって、何年に墾田永年私財法ができましたなんていう話はあったわけだし、天皇の名前とか大名の名前とか将軍の名前とか覚えたでしょ？」

三谷が言う。

言われてみれば確かにそうだ。しかし、なんとなくだが、近代史にはどうにもとっつきづらい印象がある。

すると高槻が、三谷の前にほうじ茶の入った大仏マグカップを置きつつ、こう言った。

「そういえば前に他の学生も、深町くんと同じようなことを言ってましたね。近代はや

やこしいし、なんだか面倒くさかったから苦手、って」

「そりゃまあ世界の情勢が頻繁に関わってくるわけだから、近世以前に比べると複雑化はしてるけど。でも、そんな風に言うのって、高校までの歴史の授業にも問題あるよね」

三谷が唇を不満げに尖《とが》らせる。

「ほら、高校までの歴史の授業って、『近代史』として切り出してカリキュラムを作ってない限り、古代から順番に教えていくじゃない？　そうすると、近代に差しかかる頃には大抵時間が足りなくなって、最終的にすごく駆け足になっちゃったりするんだよね。だからどうしても、詰め込み式の教え方になっちゃう。そのせいで、ちゃんと勉強すると面白いってことになかなか気づいてもらえないんだ」

三谷の話を聞いて、成程、と尚哉は思う。尚哉の高校の授業でも、年度末近くなって教師がばたばたと近代史の授業を進めていった覚えがある。最終的には要点をまとめたプリントが配布される始末で、授業時間に余裕がなかったことが丸わかりだった。もう少し丁寧に教えてもらえていたら、もっと興味が湧いたのかもしれない。

と、三谷がまたくるりと尚哉に向き直り、

「だからねえ、僕の講義を受けに来てくれたら、近代史の面白さを教えてあげられると思うんだよなあ。来年度はぜひ近代史も取ってね！　三年からのゼミにも歓迎するよ」

「三谷先生。僕の研究室で学生を勧誘するのはやめてもらえませんかね」

尚哉の隣に腰を下ろしながらにっこり笑顔でそう言った高槻に、三谷が「いいじゃないかあ、僕のゼミは君のところと違って人気ないんだよう」とまた唇を尖らせた。そのまま拗《す》ねた顔でぎゅうぎゅうと人形を抱きしめる。普段から高槻を見ていても、研究者というものは自分の研究対象を本当に愛しているんだなとよく思うが、三谷もやはりそうらしい。そして、やはり高槻同様、結構変な人みたいだ。

高槻が苦笑して言う。

「三谷先生、そんなにぎゅうぎゅうしたら、人形が苦しそうですよ。——そういえば、その子、もう名前はつけたんですか？　いつも人形には名前をつけてましたよね」

「あ、それなんだけどねえ、この子、もう名前がついてるみたいなんだよ」

「え？」

「ほら。ここ見て」

三谷が人形の着物の裾《すそ》を少しめくる。そこには赤い糸で「正子」と刺繍《ししゅう》されていた。

「たぶん、読みは『まさこ』でいいと思うんだけど。元の持ち主が刺繍したんだろうね。——そうそう、それでね、実はこの子、ちょっと問題があって。返さなくちゃならないかもしれないんだ。高槻くん、相談に乗ってくれないかなあ」

人形をまた膝に乗せ、三谷が困った顔をする。

高槻が軽く首をかしげ、

「かまいませんが、一体どうしたんです？　元の持ち主から連絡でもあったんですか」

「うん、そうなんだ。……でも、なんだか奇妙な話でね。これ、もしかしたら君好みの案件かも」

「僕好み？」

「ほら、あの——呪いの人形的なアレ」

三谷が言う。

途端、高槻が勢いよく椅子から立ち上がった。

尚哉が止める間もなく、机を回り込むようにしてつかつかと三谷に歩み寄り、その前に膝をつくようにしてしゃがみ込む。大きく開いた目を輝かせながら興味津々に人形を覗き込み、高槻は声を弾ませた。

「三谷先生。それはつまり、この人形が動いたり笑ったり髪がのびたりすると……!?」

「うん、高槻くんなら喜んで聞いてくれると思ったのさ。でも、さすがにこれは構図的にどうかと思うから、君、きちんと椅子に座ってね。じゃないと僕、話しづらいよ」

己の前に跪《ひざまず》いた高槻を気まずそうに見下ろして、三谷が言う。

「ああ、失礼しました！　今！　今座ります！　ですから、早くお話を！」

高槻が慌てて椅子に舞い戻った。姿勢を正してきっちりと座り、膝に手を置く。わくわくした光を浮かべたその瞳は、まるっきりお話し会に参加した子供のそれだ。なんとなく尚哉は、この二人が仲良しな理由がわかった気がした。要するに、似た者同士なのだと思う。好きなものを前にした反応が、大体同じだ。

そして、タイミングとしては、もはや今しかなかった。

「あの、それじゃ俺、帰りますね……」

「えええっ、どうして⁉」

そそくさと鞄《かばん》を取り上げて立ち上がった尚哉を、高槻が信じられないという顔で見た。

いや、そんな顔をされても困るのだが。

「どうしてって言われても、だって、その」

「だってじゃないよ、君、正気かい⁉ せっかくこれから三谷先生が呪いの市松人形の話をしてくださるのに、それを聞かずに帰るなんてありえないよ！」

「いや、だって……三谷先生は、高槻先生に相談に来たんですよね？」

鞄を抱えてじりじりと扉の方へ移動しながら、尚哉は必死に退出の理由を捻《ひね》り出す。

「だったら、俺がいたら邪魔かなと思って……だからあの、どうぞ俺のことは気にせず、お二人で続きを」

「え、そんなことないよ？ もともと邪魔しちゃったのは僕なんだし、気にしないで」

「ほら、三谷先生もこう仰《おつしや》ってることだし、深町くんも聞いていきなよ！」

せっかく捻り出した理由は、二人がかりで叩《たた》き潰《つぶ》された。だからどうして自分まで話を聞く流れになっているのだろう。

さあさあ席に戻ってと高槻に促され、渋々また椅子に腰を下ろしながら、尚哉は三谷が膝に置いた市松人形へ目を向けた。ちらと見て、すぐに視線をそらす。

……正直に言おう。

苦手なのだ。人形の類《たぐい》が。

特に、古い和風の人形が苦手だ。小さい頃、近所に住んでいた女の子の雛祭《ひなまつ》り会にお呼ばれしたときに自覚した。母親の代からあるという七段飾りの雛人形が、とにかく怖くてたまらなかったのだ。目にも鮮やかな緋毛氈《ひもうせん》に並ぶたくさんの人形達が、皆こっちを見ている気がして。

だが、三谷の手前、「その人形が気味悪くて怖いです」と素直に申告するのも気が引けた。諦《あきら》めて、抱えたままだった鞄を床に下ろす。

三谷が話し始めた。

「あのね、高槻くんは知ってると思うけど、僕、ブログやってるでしょ。あんまり大したことは書かないんだけど、身の回りのこととか、人形の写真とか載せてて。それで、この子の写真もアップしてたんだけど……そしたら、そのブログを見たって人から、メールがきたのね。『それ、うちの祖母が大切にしていた市松人形かもしれません』って」

メールを送ってきた人物は、着物の裏地に「正子」という名前が縫い取りされていないかどうか見てほしいと言ってきた。

そう言われて初めて三谷は人形の着物の裾をめくり、そこに名前があることに気づいたのだという。

この人形は、メールの送り主の祖母のもので間違いないだろう。

しかし問題は、なぜその人形が、三谷の手に渡ったかということだ。

三谷はこの人形を、蚤の市で購入した。その際、人形の出所については特に確認しなかった。

メールには、しばらく前に、同居している祖母の人形を、母親が捨ててしまったと書かれていた。

「古いけど、立派な人形だからねぇ。何か価値があるものかもしれないと思って、誰かがゴミ捨て場から拾って、それが巡り巡って僕のところに来たってことなんだろう。まあ、ありえないことではないさ。けどねえ、そもそも、おばあさんが大事にしている人形を勝手に捨てるなんて、ひどい話だよね？　だから僕、返信のメールに、ちょっと嫌味かなと思いつつ『あなたのお母さんは、どうしておばあさんの大切な人形を捨てたりしたんですか？』って書いちゃったのね。そしたら」

返ってきたメールには、恐縮する言葉と一緒に、メールの送り主の母親がその人形を捨てた理由が書かれていた。

「なんでもねえ、この人形、髪がのびたり、勝手に動いたりするらしいんだ。それでお母さんが気味悪がっちゃって、捨ててしまったんだって」

人形の頭をなでながら、三谷はそう言った。

尚哉はまたちらりと人形に目を向けた。

人形の髪の長さは、大体肩の辺りまでだ。だが、よく見ると、部分的に不揃いになっているのがわかる。場所によっては胸まで届いている髪もあり、そのせいで余計にぼさぼさと乱れて見えるようだ。

勿論《もちろん》、最初からそんな不揃いな髪で売りに出される人形などあるわけがない。

ということは、この髪は——まさか、本当にのびたというのか。

「ああ、やっぱり『お菊《きく》人形』と同じなわけですね、その人形は！」

高槻が実に楽しげな声を出す。

「お、お菊人形？　何ですかそれ」

「あれ、深町くん、知らない？」

「お菊さんは、井戸から出てきて皿を数えるやつしか知らないです」

「そのお菊さんじゃなくて、髪がのびる市松人形のことだよ。結構有名な話のはずなんだけど……まあ、近頃あんまりメディアで取り上げられなくなったから、知らなくても仕方ないか」

そう言って、高槻は背後の本棚からファイルを一つ抜き出した。ぱらぱらとめくって、尚哉の方に差し出す。

ファイルには、古い週刊誌の記事と思われるもののコピーが収められていた。いかにもショッキングな記事ですよと言わんばかりに、大きな文字で『今も髪がのび続けるお菊人形』と見出しがついている。記事に添えられた写真には、腰より長い髪をした着物姿の人形が写っていた。

「お菊人形は、北海道にある萬念寺《まんねんじ》に安置されてる人形なんだけど、『髪がのびる』っていうことで一時期世間をかなり騒がせたんだよ。その萬念寺がお菊人形の由来として出しているのは、こんな話だ」

――大正七年、当時十七歳だった鈴木《すずき》永吉《えいきち》さんが、札幌で行われていた大正博覧会を見物に出かけた。その帰りに、永吉さんは、当時三歳の妹、菊子《きくこ》ちゃんに、おかっぱ頭の日本人形を買った。菊子ちゃんは大喜びで、人形と一緒に楽しく遊んでいた。

しかし、翌年の一月二十四日、不幸なことに菊子ちゃんは、病死してしまう。

葬儀の際、菊子ちゃんが大事にしていた人形を棺《ひつぎ》に入れるのを忘れてしまったため、遺骨と一緒に仏壇に祀《まつ》って、朝夕回向《えこう》していたところ、不思議なことに人形の髪がのび始めた。家族は「菊子の霊が乗り移ったのだ」と信じ、大切に祀り続けた。

その後、昭和十三年に永吉さんは樺太《からふと》に移住することになった。

その際、菊子ちゃんの遺骨と人形は、萬念寺に預けられた。

終戦後に追善供養のために萬念寺を訪れ、預けていた人形を見ると、髪はさらにのびており、あらためて人形を寺に納めて、先祖代々供養を願い出たのだという。

「このお菊人形は、一九七五年に全国放映のテレビ番組に引っ張り出されて、それ以来、様々なメディアで取り上げられるようになったんだ。大人気だったらしいよ。髪がのびるだけで夜中に走り回ったりするわけではないらしいんだけど、『のびないはずの人形の髪がのびる』っていうだけで、現象としては異常だからね」

高槻がそう言うと、三谷がにこにこしながらうなずいた。

「そうそう、昔は今よりもテレビで怪奇特番が多く放送されてて、毎回のようにお菊人形の特集コーナーがあったりしてねえ。『今でも髪がのび続けているので、年に一回、住職が髪を切って整えてる』とか、『近頃はあまり髪がのびなくなってきたが、代わりに口が開き始めた』とか、『人形の髪を大学で分析したところ、本物の人間の髪だとわかった』とか、いちいち新事実判明！　みたいなノリで盛り上げてたなあ」

「本物の人間の髪って……」

尚哉は思わず顔をしかめる。想像すると、なんだか気持ち悪い。そんなものを使うから髪がのびたりするんじゃないだろうかと思う。

が、高槻は笑って、

「別にそれは驚くようなことではないんだよ。そもそも市松人形というのは、本物の人毛を使って作ることが多いんだ。ちなみに、本物の人毛だからって、普通は毛根もないのにのびたりはしないよ」

「……じゃあ、何でのびるんですか？」

「それが不思議だから、お菊人形は怪奇ブームの寵児《ちょうじ》となったんだ。――とはいえ、人形の髪がのびることについては、実は現実的な解釈がされてる」

「え、そうなんですか？」

「うん。『のびてる』んじゃなくて『ずれてる』だけなんだって説が有力だね」

「ずれてる？」

「そう。……ええと、本物の人形で試すのはまずいか。これで代用しよう」

三谷の持っている人形に一瞬手をのばしかけ、すぐに思いとどまって、高槻は自分のネクタイに手をかけた。しゅるしゅると結び目をほどいてはずし、ぴんと張った状態で尚哉の前に掲げてみせる。

「これを、一本の髪の毛だと思ってほしいんだけど。人形に植毛するときは、こういう長い髪の毛を二つ折りにするんだ」

言いながら、高槻がネクタイを二つ折りにする。

折り目の輪っか部分に指を引っかけ、

「この中央の輪になった部分を人形の頭に埋め込んで、膠《にかわ》を接着剤にして固定する。つまり、肩までの髪の人形を作る場合、用意する髪はその倍の長さが必要ということになるわけだ」

それから高槻は、そのネクタイを再び自分の首に掛けた。

左右に垂らしたネクタイの両端を手で持ち、

「ところが、長い時間が経つと、膠が古くなって接着力がなくなったり、何らかの事情で下地や中張りがずれたりして、均等な長さで二つ折りになっていたはずの髪が左右のどちらかにずれてしまうことがある。こんな風にね」

右手で握った方のネクタイの端を、するりと引っ張る。

そちら側に垂れていた方の長さが倍近くのびた。当然のごとく、反対側は首の付け根辺りまで短くなったが。

「勿論、このままずれ続ければ、髪はやがて抜け落ちるんだけどね。——三谷先生が持ってる人形を見てごらんよ。部分的に不揃いな長さになった分は、ちょうど元の長さの二倍くらいでしょう。たぶん今ので説明がつく話だと思う」

三谷がにこにこしながら、見やすいようにまた人形を掲げてみせる。高槻の言う通りだった。元の持ち主が人形の頭をなでているうちに、だんだんとずれていってしまったのかもしれない。

解説されてしまうと意外とつまらない話だなと尚哉が思っていると、高槻がにやりと笑って、

「とはいえ、お菊人形の場合、今の説明だけだと、ちょっと納得がいかないんだよね」

「え。何でですか」

何やら不穏なことを言い出した高槻に、尚哉はなんとなく身構えた。

ネクタイを締め直しつつ、高槻が言う。

「だってほら、植えられた髪が単にずれただけなら、どれだけのびても上限が決まってるわけでしょう。元の長さの倍以上のびることはありえないよね。でも、お菊人形の由来譚《たん》を信じるなら、永吉さんが買った人形は『おかっぱ頭』だ。おかっぱってことは、肩より短かったはずだよ。でも、お菊人形の髪は腰よりものびてる。どう見ても倍以上のびてるんだよねえ」

高槻の言葉に、尚哉は先程渡されたファイルの記事に再び目を落とす。

確かに、そこに載っているお菊人形の髪は、随分と長い。おかっぱ丈の髪がどうずれたところで、ここまでの長さにはならないだろう。

「ただ、これも、お菊人形の由来譚をどこまで信じるかによるんだ。何しろ、『おかっぱ頭』と伝わってはいるけど、髪がのびる前のお菊人形の写真はないわけだからね。ついでに言えば、このお菊人形の由来譚自体、今の形に固まるまでには多少の変遷があったりする」

「え？」

「最初に『お菊人形』という名前で萬念寺の人形を報道したのは、一九六八年の『ヤングレディ』という雑誌なんだけどね。実はそれよりも前、一九六二年の『週刊女性自身』に、萬念寺の髪がのびる人形の記事が載っているんだ。どちらの記事でも、萬念寺が公式に出している由来譚とは異なり、人形をお寺に預けたのは兄の永吉ではなく、父親の助七《すけしち》さんということになっている。寺に預けた年代や死んだ子供の命日についても結構大きなずれがあるんだけど、最大の違いは、『週刊女性自身』では、死んだ子供の名前が『菊子』ではなく、『清子《きよこ》』となっていることだ」

「……待ってください、『週刊女性自身』の記事の方が古いんですよね？　それじゃ、お菊人形は、本当は清子人形だったたっていうことですか？」

「まあ、先に出た『清子』の名前が間違いで、『菊子』の方に正された可能性もなくはないけど。ただ、萬念寺公式の由来譚以前に、別パターンの話があったという事実は、無視できないよね」

高槻が肩をすくめる。

三谷が相変わらずにこにこしながら、膝《ひざ》の上の人形を見下ろして言った。

「僕は、兄ではなく父親が登場するそっちの話の方が、リアルだと思うなあ。だって、市松人形って結構高価なものだよ？　蚤《のみ》の市《いち》で二束三文で売られてるやつじゃなくて、新品のを買ったんだろうからね。当時十七歳だった永吉くんにはたして買えたかなあって、どうしてもそこが気になっちゃう」

尚哉はだんだんわけがわからなくなってきて、

「え？　えっと？　それじゃ、萬念寺公式の由来譚は、一体いつできたものなんですか？　永吉はどこから出てきたキャラクターなんです？」

「公式の由来譚と同じ内容を報じた最初の活字メディアは、『ヤングレディ』の記事から二年後の、一九七〇年の『北海道新聞』だ。永吉さんが登場して、父と娘の話ではなく、兄と妹の話になっている。各種の年代や日付も、公式と一致するよ。――お寺が公式に出している由来譚を否定するのもどうかっていう話になっちゃうけど、でも、ここまでの流れを考えると、今伝わっているお菊人形の話もまた、他の怪談と同じく、元の話から形を整えられて成長した結果のものと考えることはできるよね。まして、当時の怪奇ブームとお菊人形に対するメディアの熱狂ぶりを考えれば、より大衆の興味を引くために、何らかの操作が行われた可能性は十分にあると思う」

高槻が言う。

尚哉はなんとなくほっとして、

「なんだ、それじゃつまり、嘘ってことですか？」

「それはわからない。確かなことは、萬念寺に納められている人形の髪が、普通の市松人形に比べて異常に長いってことだけだね」

高槻はそう言って、また笑った。

と思ったら、尚哉の方にぐいと顔を寄せ、

「ねえ、深町くん。——君、実は人形が怖い人でしょう？」

「……っ！」

至近距離からずばり訊《き》かれて、尚哉は思わず身を引きつつ、返答に詰まる。

机の向かいで、あはは、と三谷が声を上げて笑った。

「隠したってばればれだよう。君ってば、最初っからこの子のこと全然見ないんだもん。時々ちらっと目を向けては、すぐそらしちゃう。そういう反応はもうさんざん見たよ、僕の家族や研究室の子達も皆そうだもん。古い人形とかさ、本当は気持ち悪いって思ってるでしょ？」

「……すみません」

そうかばればれだったかと反省しながら、尚哉はとりあえず三谷に謝る。でも、それなら尚哉が部屋から出て行こうとしたときに、止めずに逃がしてくれればよかったのにと思う。尚哉が人形を怖がっているとわかっていたのなら、二人とも随分と人が悪い。

高槻がまた尚哉に訊いた。

「僕はそういう感覚があんまりわからないんだけどね。深町くんは、人形の一体何が怖いの？」

「何がって言われても……なんかその、こっち見てる気がして嫌なんですよ」

「でも、人形だよ？　生きてないよ」

「……人形なのに、視線を感じる気がするのが嫌なんです。あと、見てないところで、なんか勝手に動いてそうじゃないですか。……生きてないのに、生きてるみたいで」

小さい頃に見た、七段飾りの雛人形《ひなにんぎょう》を思い出す。

あの晩、悪夢にうなされたのだ。

人間達が寝静まった後、真っ暗な部屋の中で、雛人形達が動き出す夢。

夢の中で、五人囃子《ばやし》は鳴らぬはずの笛や鼓を奏で、三人官女は銚子《ちょうし》や三方を持って段を上がり、男雛《おびな》女雛《めびな》の周りに侍《はべ》る。随身は、彼らの宴《うたげ》をこっそり盗み見ているこちらに気づくと、恐ろしい形相で振り返り、背に負った矢を弓につがえるのだ。……あの夢が、尚哉の人形嫌いの決定打になった気がする。

高槻が笑って言った。

「うん、君のその感覚は、たぶんとても一般的なものだと思うよ。人形の怪談はとてもたくさんある。人形が泣く、笑う、動く、髪がのびる、襲ってくる——そのどれもが、生きていないはずの人形が生きた人間のように振舞うことを恐れる気持ちによるものだ。そしてそれは、この国の人達がはるかな昔からずっと抱き続けてきた考え方に由来する。すなわち——「モノには魂が宿る」

海外でも似たような考え方がないわけではないが、日本人は特にそういう思想が強いらしい。

身の回りにある全てのモノに、なんとなく魂のようなものを見出《みいだ》してしまう。それらが何らかの意識を、あるいは命を持っているように感じるのだ。

「百年経てば茶碗《ちゃわん》だって付喪神《つくもがみ》になるっていうけど、そこまで長い年月が経ってなくたって、自分の身近にあったものは捨てずに供養したがる人がたくさんいる。人形供養には人形だけじゃなくぬいぐるみだって持ち込まれるし、ハサミだって針だって供養の対象になってる。粗末にしたら罰が当たると思ってるんだ。まして、人を模した姿の人形は、そこに魂を見出してしまえばもはや人と変わらない。でも、感覚として人のように感じても、理性は勿論《もちろん》『これは人ではない』と判断する。その二律背反が、人形に対する恐怖を生むんじゃないかな」

高槻はそう言って、三谷の膝の人形にまた目を向けた。

つられて尚哉も、そちらに目をやる。

まるで孫でも座らせるように三谷は膝に乗せているが、やはりそれはどう見てもただの人形だ。生きてはいない。それなのに、異様な存在感を持っているように感じるのは、尚哉がそこに魂を見出しているからということなのだろう。

そしてそれは――この人形を捨てたという、三谷にメールを送ってきた人物の母親とも共通する感情だったのだろう。

高槻が言った。

「とはいえ、髪がのびた件についてはともかく、勝手に動いたっていうのは気になるよね。――三谷先生の前では、その子は動いたりはしないんですか？」

「うーん、しないねえ。特段おかしなことが起きたことはないなあ」

のほほんとした口調で三谷が答える。三谷としては、別に人形が動いても怖くはないらしい。

「とりあえず僕ね、そのメールの送り主と会うことにしたの。その人は、この人形を返してほしいって言ってるのね。おばあさんが寂しがってるからって。でもさ、返したらまた捨てられちゃうかもしれないじゃない？　そんなのは可哀想だよ。だから、一体どうすればいいんだろうって悩んでて」

「では、僕と深町くんを、そのメールの送り主と会うときに同席させていただけませんか？」

困った顔で人形を抱きしめる三谷に、高槻がそう提案した。

「それで、差し支えなければ、その人の家まで行って、お母様とおばあ様にお話を聞かせてもらいましょう。上手《うま》くすればお母様を説得できるかもしれませんし、もし本当に人形が動くのであれば、僕は人形の怪談の聞き取りができるわけですし！　いいと思いませんか？」

「ああ、それはいいね！　そうしてもらえると、すごく助かるよ！　僕が話すと、そのお母さんにお説教始めちゃいそうで、どうしようかなって思ってたんだ。高槻くんなら人当たりもいいし、きっと上手くいくよね！」

嬉《うれ》しそうに言う三谷に、高槻がおまかせくださいと返す。その横で尚哉は、ちょっと待てと思う。いつの間にか尚哉まで同席することになっている。

が、今更嫌だとも言い出せず、尚哉は仕方なくそれを承諾したのだった。


メールの送り主とは、それから数日後に会うことになった。

送り主は畑中千尋《はたなかちひろ》という名の女性で、都内の会社に勤めているという。

人形を返す前に一度話をしたいと三谷がメールで提案したところ、最初は少し渋っていたようだが、最終的には三谷の大学教授という肩書が功を奏したらしく、会社帰りに研究室を訪ねるということで話がついたそうだ。

……が、はたしてそれで大丈夫なのだろうかと思ったのは、どうやら尚哉だけだったらしい。

「大丈夫なのかって、何が？」

人形を返す前の話し合いに同席するために三谷の研究室に向かいながら、高槻がきょとんとした様子で首をかしげた。

高槻の研究室の部屋番号は３０４。三谷は３０７だ。すぐそこである。

尚哉は高槻の横を歩きながら言う。

「……いや、高槻先生の部屋の方がよかったんじゃないかなと思ったんですけど」

「メールのやりとりをしていたのは三谷先生なのに？　一応僕の同席は先方にも伝えてあるそうだけど、部外者の僕の部屋で話すのはさすがにおかしくないかな」

「それはそうかもしれませんけど。でも、三谷先生の部屋って確か――」

「――あ」

そこでやっと高槻も、尚哉が何を気にしているのかに気づいたらしい。片手で口元を覆って、「うわあ」と呟《つぶや》く。

「ああ、そっか……ごめん、そこまで思い至らなかった。僕、やっぱりちょっとその辺の気持ちに疎いところがあるんだよね……いやでも、今更変更ってわけにもなあ」

顔をしかめて天井を見上げ、高槻が言う。

約束の刻限はもうすぐだし、確かにここで急に「別の先生の部屋で話しましょう」とするのも不自然ではあった。

「……せめて畑中さんが、そういうの気にしない人であることを祈るしかないね」

「ですね」

三谷の研究室の前で、二人でうなずき合う。

高槻が三谷の研究室の扉をノックすると、「どうぞー」という声が中から返った。

「失礼します」と言いながら、高槻が扉を開けて中に入る。

尚哉もその後に続き——研究室の中に入るなり、思わず顔を伏せた。

三谷の研究室の中は、作り自体は高槻の研究室と変わらない。壁に沿って立ち並ぶ本棚と、中央に置かれた大机とパイプ椅子。ただ、やはり若干の差異はある。突き当たりの窓の前にあるのは、コーヒーメーカーと湯沸かしポットの載った小テーブルではなく、ファイルや本が雑然と積まれた事務机だ。どうやらそれが三谷専用の机らしい。

その机に向かってパソコンを叩《たた》いていた三谷が、キャスター付きの椅子をくるりと回してこちらを振り返り、

「ああ、いらっしゃい。どうもありがとうね。——ありゃりゃ、やっぱり深町くんは落ち着かないかあ」

苦笑する三谷に、尚哉は顔を伏せたままそろそろとパイプ椅子に腰を下ろして、すみませんと小さな声で謝る。

なぜずっと顔を伏せているのかというと、ちょっとでも顔を上げれば否応《いやおう》なしに視界に入ってしまうものがあるからだ。

——市松人形。

本棚の上に、三谷がこれまで買い集めてきた人形達が、座った状態でずらりと並んで

いるのだ。先程ぱっと目に入っただけでも、二十体近くはあったように思う。古道具屋や蚤《のみ》の市《いち》で買うという言葉の通り、新品らしきものは一体もなく、どれもこれも容赦なく古びていた。着物が褪《あ》せているとか髪が乱れているとかはまだましな方だ。隅の方にひっそりと置かれている顔や着物が半分焦げたあの人形は、一体何があったのだろう。まさか戦時中の空襲を生き延びたとでもいうのだろうか。

そんな人形達が、高い位置からもの言わずこちらを見下ろしているのである。三谷の研究室に院生が寄りつかないというのも当然だった。特段人形嫌いでなくても、この眺めは結構怖いと思う。

……これからこの部屋にやってくるという畑中千尋なる女性は、はたしてこの部屋を見てどう思うだろうか。

それが、先程尚哉と高槻とで共有した懸念だった。一目見るなり慄《おのの》いて逃げたりしないといいのだが。ちなみに高槻はこの眺めが全く気にならないらしく、にこにこしながら尚哉の横に座って人形を見上げている。

そのときだった。

こんこん、と誰かが研究室の扉をノックした。

「はあい、どうぞー」

三谷が声を投げると、扉が開く。

現れたのは、グレーのパンツスーツを着たショートカットの女性だった。二十代半ば

くらいだろうか。少し緊張した面持ちで戸口のところで頭を下げ、

「失礼します。あの、私、先日メールさせていただきました畑中と申しますが……」

早口にそう言いながら、再び顔を上げる。研究室の中を視界に収めた千尋の顔が、うっという感じに強張《こわば》った。どうやら尚哉寄りのタイプだったらしい。

高槻が立ち上がった。

「こんばんは、畑中さん。わざわざご足労いただきまして、ありがとうございます。僕は、この大学で民俗学を教えている高槻といいます。あちらに座っているのが、あなたのおばあ様の人形を入手された三谷教授です。こちらは深町くん、僕の助手です」

爽《さわ》やかに笑いながらそう言って、高槻は千尋に椅子を勧める。

高槻の顔を見た途端、千尋がぱちくりとまばたきした。引き攣《つ》りかけていた頬が緩み、高槻が勧めた椅子にはにかむような笑みを浮かべながら腰を下ろす。

その動きに合わせて、高槻が手練《てだ》れのギャルソンのように椅子を引いてやると、千尋の耳にさっと赤みが差した。……高槻の整いまくった容姿と紳士的な立ち居振る舞いは、女性相手に絶大な効果をもたらすことが多いのだ。イケメンというのはつくづく得だなと尚哉は思う。

三谷が、自分の机の上に置いていた人形を取り上げ、千尋に歩み寄った。

「畑中さん。これが例の人形なんですけどね、おばあさんのもので間違いないかな?」

人形を千尋に差し出す。

千尋は人形を受け取り、しばらく眺めてから、そっと着物の裾《すそ》をめくった。

そこに「正子」の縫い取りを確認してうなずき、

「……はい、間違いないです。祖母の『まぁちゃん人形』です」

「まぁちゃん人形？」

『まさこちゃんの人形』だから、『まぁちゃん人形』なんだそうです。……この人形、私の父方の祖母が、娘を亡くしたときに作ったものなんです。まだ子供の頃に死んでしまったらしいんですけど、その子の名前が『正子』だったそうで」

そう話す声に歪《ゆが》みは少しもない。この人形は、本当に千尋の祖母のものなのだ。

いや、そもそも尚哉が嘘かどうかを聞き分ける必要などなかったのだと思う。

千尋が人形を見つめる視線は、柔らかかった。

先程この研究室の人形達を見て怯《おび》えた顔をしたときとはまるで違う。とてもよく知っていて愛着のあるものを見つめる瞳《ひとみ》をしていた。それだけでも、この人形が誰のものかなど明らかな話だった。

三谷が高槻に視線を向けた。

高槻がにこりと微笑んでみせると、三谷は少し残念そうな顔をして肩をすくめた。千尋に人形を返してやることに決めたらしい。

だが、その前に確認すべきことがある。そのために高槻は呼ばれたのだ。

高槻が口を開いた。

「畑中さん。その人形を捨てたのは、あなたのお母様ということでしたね？」

「あ、はい。うちの母、前からこの人形のこと気味が悪いって言って嫌がってて……」

「お母様が気味が悪いと言っていた理由について、詳しくお聞かせ願えませんか？」

「え？」

「ああ、失礼いたしました。実は僕、怪談や都市伝説の研究をしているんです。動く市松人形、なんていう魅力的な怪談を身近な体験としてお持ちなのでしたら、ぜひ聞かせていただきたいなと思いまして」

にこやかな笑顔で高槻が言う。

怪談の研究、というところで若干首をかしげつつも、千尋はうなずいた。「そんな大した話じゃないんですけど」と前置きして、話し始める。

「祖母は、今はうちで同居してるんですけど、以前は別のところに住んでたんです。私はおばあちゃんっ子で、小さい頃は祖母の家に遊びに行くと、祖母にべったりでした。……まぁちゃん人形は、祖母の部屋にいつもいました。祖母の部屋の低い箪笥《たんす》の上に座ってて。お人形遊びとかおままごとのときに、祖母はいつもまぁちゃんを動かすんです。私がリカちゃん人形とかぬいぐるみを持って行っても、使ってくれなくて。『まぁちゃんが遊びたがってるからね、一緒に遊んであげてよ』って」

子供の千尋から見て、古びた人形のまぁちゃんは、やっぱりちょっと怖かったらしい。だが、祖母がとても可愛がっているのはわかったので、我慢して一緒に遊んだ。

そう、千尋の祖母は――本当に、まぁちゃん人形を可愛がっていた。

「私にお菓子を出してくれるとき、祖母はいつもまぁちゃん人形の分も用意しました。私がまぁちゃんを蹴飛《けと》ばしてしまったときには、すごく叱られましたね……『まぁちゃんに謝りなさい！』って。他のときには何をしてもほとんど叱らなかったのに」

「まるで生きた子供にするような扱いですね」

高槻が言うと、千尋は苦笑して、まぁちゃん人形を見下ろした。

「そうですね。祖母にとって、この人形は、死んでしまった子供の代わりだったんだと思います。私に対しても、『まぁちゃんとお友達になって』『お友達でしょう？』ってしょっちゅう言ってましたから」

「それなら、おばあ様にとっては本当に大切な人形だったんでしょうね。ところで、その頃から、この人形は動いたんですか？」

「そうですね、動きましたね」

あっさりとうなずいた千尋に、尚哉は思わずえっと声を出しそうになった。何しろ今の千尋の声は、少しも歪まなかったのだ。動いたというのは嘘ではない。

高槻も少し目を瞠《みは》って、

「では、あなたも人形が動くところを見たんですか？」

「あ、えっと、そうじゃなくて。動くっていうことになってたんです、この人形」

千尋が言う。

どういうことかと首をかしげる高槻に、千尋は小さくくすりと笑って、

「あの……私、小さい頃は結構ずぼらな質《たち》で。よく、ものをなくしてたんです。ていっても、つまらないものばかりなんですけどね。ヘアピンとか、ハンカチとか、後で食べようと思って取っておいたお菓子とか……祖母の家でもよくやらかしてて。それで、祖母に『どっか行っちゃった』って申告すると、祖母は必ずこう言ったんです。『それはまぁちゃんが隠したのかもしれないね』って」

そうして千尋の祖母はまぁちゃん人形のところに行き、「こら」と人形を叱ったのだという。「千尋ちゃんのものを取ったら駄目でしょう。明日《あした》の朝までには絶対に返してあげるのよ」と。

そういうとき、千尋もまたその横でちょっとお姉さんぶって、「明日の朝までに返してくれたら、また遊んであげる」と言ったりしたという。

「そうしたら、翌日の朝には、必ずなくしたものが出てくるんです。ヘアピンも、ハンカチも、チョコもラムネもキャンディも、祖母の箪笥の上に座ったまぁちゃん人形の膝《ひざ》の上にそっと置かれてるんです。——勿論《もちろん》、夜の間に祖母が見つけてくれて、置いといたんだと思いますよ。でも、不思議なんですよね。そういうときのまぁちゃん人形は、いつもなんだかばつの悪そうな顔をしていて……ごめんね、返すからまた遊んでねって言ってるように見えて。だから私、『返してくれたから、許してあげる！』ってまたお姉さんぶって言って、まぁちゃん人形と仲直りしてたんです」

それは、単なる人形遊びの一環だったのかもしれない。

でも、幼い頃の千尋にとっては、まぁちゃん人形は確かに友達だったのだ。

祖母の家に遊びに行く度、そこで待っている小さな友達。

千尋の話を優しくうなずきながら聞いていた三谷が、にっこり笑って人形を見た。

「いい話だねえ。そういうのって、人と人形の理想的な付き合い方だと思うよ。人形っていうのは、そうやってずっと大事にされていくべきものなんだよ。一度そこに心を見《み》出《いだ》したなら、その人形はその人にとって生きているのと何も変わらないんだから」

千尋の膝の上で、人形はにっこりと微笑んでいる。

捨てられて、売りに出されて、それでもこうして千尋とまた会えたことを、人形は素直に喜んでいるのかもしれない。……ついそう思ってしまうのは、尚哉が人形に心を見出しているせいなのだろうか。

千尋がまた口を開いた。

「祖母は――二年ほど前から、軽い認知症になってしまって。祖父はその数年前に亡くなっていましたから、一人暮らしをさせるのもどうかという話になって、うちで同居するようになりました。別に何もかも忘れてしまったりしてるわけじゃないんです、そんなにひどくはないんですけど、あの……認知症になると、幼児がえりするっていうじゃないですか。うちの祖母もそんな感じなのか、前よりもまぁちゃん人形にかまうことが多くなって。『お人形遊びしましょ』って言いながら、私を自分の部屋に誘ったりして、まぁちゃんを相手にお茶を飲む真似をさせられたりして……そのくらいだったら、まあよかったんですけど……」

また苦笑いしながら言葉を濁した千尋に、高槻が尋ねる。

「もしかして――また、ものがなくなるようになったのではありませんか？」

「ええ」

千尋がうなずいた。

「ピアスとか、指輪とか。そういう細々としたものがなくなるようになりました。私のものだけだったらよかったんですけど、母のものまで。私と母がないないって言いながら探してると、祖母がやってきて、『まぁちゃんの仕業かもしれないね』って言うんです。それで、昔みたいにまぁちゃんを叱って……そしたら、翌朝、まぁちゃん人形の膝に、なくしたものが置いてあって。――そのうちに、母が怒っちゃって」

最初の二、三回は、笑って済ませていたのだという。

だが、家の鍵《かぎ》や印鑑といったものまでなくなるようになれば、仕方ないでは済ませられなくなる。

だが、千尋の母が「盗《と》ったものを返してください」と迫っても、千尋の祖母はとぼけるばかりだった。そのくせ、翌朝には必ず人形の膝の上に置いてあるのだ。千尋の母には、まるでからかわれているように思えたことだろう。

「その頃からです。……まぁちゃん人形が、家のあちこちに現れるようになったのは」

千尋が小さい頃に祖母の家を訪れていたときには、まぁちゃん人形は、基本的に祖母の部屋から出ることはなかった。

だが、千尋の家で祖母が同居するようになって、しばらく経った頃。

夜中に突然悲鳴が聞こえて、千尋が慌てて部屋を飛び出すと、母が廊下にへたり込んでいた。

見ると、廊下の先に、まぁちゃん人形がひっそりと佇《たたず》んでいた。

母が言うには、トイレに入って出てきたら、そこに人形がいたのだという。トイレに入る前には断じてそこには何もなかったと母は主張し、千尋は祖母のいたずらかと思って、人形を持って祖母の部屋に行った。

だが、祖母は布団で眠っていた。千尋が声をかけると寝ぼけ眼《まなこ》でこちらを見て、何かあったのかと尋ねてきたという。

そして、それを皮切りに、まぁちゃん人形は家の中を神出鬼没に移動するようになった。標的となるのは必ず母だった。

台所で料理をしていて、ふっと気がつくと、背後に人形が立っている。

リビングでテレビを見ていて、ふと気配を感じて振り返ると、戸口に人形がいる。

階段を上ろうとしたら、その一番上から人形がこちらを見下ろしている。

「たぶん祖母のいたずらなんだと思いますけど、でも……あまりにも頻繁で。それにほら、この人形、古いから見た目がちょっとアレじゃないですか。だから結構怖いらしくて、しょっちゅう母の悲鳴が響くようになって……それに、なんだか昔に比べてどんどん髪がのびてきてるように見えるのも事実で。『これはきっと呪いの市松人形だ』なんて言い出して」

「それで、畑中さんのお母様は、まぁちゃん人形のことがどんどん嫌いになって――ある日とうとう、捨ててしまったというわけですか」

高槻が言うと、千尋は深いため息を吐いた。

「うち、父が単身赴任なんですよね。もともと嫁姑《しゅうとめ》の仲もそんなに良くなかったみたいで、そこへきてボケちゃった祖母の介護ってなったもんだから、母もストレスが溜《た》まってるみたいなんです。だけど、さすがに捨てちゃうのはやりすぎだと思います。あの日、祖母が朝から『まぁちゃんがいない』って騒いでて、母がそれをわざと無視してるもんだから問い詰めたら、ゴミに出したって言って……私、慌ててゴミ捨て場を見に行ったんです。ゴミ収集車はまだ来てなかったんですけど、人形はどこにも見当たりませんでした。誰かが拾って持っていったのかもしれないと思って、それからずっと探してたんです。そしたら、三谷先生のブログにそっくりな人形の写真が載ってて……慌てて連絡を取ったんです」

そして千尋は、あらためて三谷の方に向き直った。

人形を抱えたまま頭を下げ、

「お願いです。どうかこの人形、返していただけませんか？　勿論、先生が人形を買ったときの代金は、私がお返しします。祖母はまぁちゃん人形がいなくなって以来、ずっと寂しそうで……人形が置いてあった箪笥《たんす》の前に座り込んで、ずっとうなだれてるんです。私もう見ていられなくて、だからどうか」

必死な口調で言い募る千尋に、三谷が、落ち着いてというように軽く手を掲げてみせた。うんうんとうなずきながら、

「あのね。僕、そういうことなら喜んで、その人形を君のおばあさんに返すよ。お金もいらない。もともと蚤《のみ》の市《いち》で安く買ったものだからね。だけどね、君がこのまま人形を持って帰っても、君のお母さんはきっとまたこの人形を捨ててしまうんじゃない？」

「それは……」

千尋がぎゅっと眉《まゆ》を寄せて、唇を噛《か》む。

三谷はまた優しくうなずいて、

「うん、だからね、ここはひとまず、お母さんを説得するところから始めないと駄目だと思うんだ。ご迷惑じゃなければ、畑中さんのお家に行って、直接お話をさせてもらいたいんだけど、いいかなあ？」

「え、でも、そんなことまでしていただくわけには……それに、母を説得なんて」

「──それでは、表向きは、僕が怪談の聞き取りに行くということにしてはいかがでしょうか？」

にっこり笑顔で、高槻がそう言った。

千尋が戸惑った表情で、高槻を見返す。

高槻は人当たりの良い優しい笑みを浮かべて、

「ただ人形を返しに来ましたというだけでは、門前払いを食らうかもしれませんからね。動く市松人形の話を聞いて調査に伺ったことにして、畑中さんのお母様と話しましょう。それからおばあ様ともお話をして、できればもういたずらはしないようにお願いしてみるということで、いかがでしょう。とはいえ、実際に人形が自分で動いた可能性もありますからね！　その辺りについても、詳しくお話を伺えればと思います！」

人当たりの良い笑みが、後半は好奇心いっぱいの嬉々《きき》とした笑顔にすり替わっている。子供のようにきらきらと目を輝かせながら今にも千尋の手を取らんばかりに迫る高槻の、そのジャケットの裾《すそ》をさりげなくつかんで押さえながら、尚哉は内心でため息を吐いた。この人は、どうしても本物の怪異を期待せずにはいられないらしい。

結局、千尋の家へは、その週の土曜日に向かうことになった。

千尋の家があるのは練馬《ねりま》区だった。駅からは少々離れているそうで、最寄り駅まで車で迎えに来てくれるとのことだった。

驚いたことに、千尋の母は、こちらの訪問を受け入れたという。

なんでも、最初はかなり嫌がっていたらしいのだが、千尋が高槻の写真を見せて「この人が来るよ」と伝えたところ、「あらやだ、こんな人なら会ってみたいわ。間近で見てみたい」ところっと態度を変えたらしい。……イケメンというのはとことん便利な生き物だな、と尚哉はそれを聞いてしみじみ思った。もしやこの顔だけで、世の中の問題の七割くらいは解決するのではなかろうか。

「――ていうか、何で高槻先生と俺だけなんですか？」

駅前で千尋の車を待ちながら、尚哉は傍らに立つ高槻を見上げた。

本日の畑中家訪問に、三谷は参加しないそうなのだ。

高槻はにこりと笑って、尚哉を見下ろした。

「だって、あんまり大人数で押しかけたら、ご迷惑になっちゃうでしょう？」

そう言って、高槻は片手に提げた二つの紙袋を持ち直した。そのうちの一つには、まぁちゃん人形が入っているのだ。ちなみにもう一つの紙袋の中身は、畑中家に持参する手土産の菓子折りである。

「それに、怪談の聞き取り調査は、三谷先生じゃなくて僕の領分だ。僕にまかせてもらった方がいいに決まってるよ！」

高槻が、えへんと胸を張って言う。尚哉はちょっと呆《あき》れた顔で高槻を見る。

とはいえ、三谷より高槻の方が、千尋の母親の説得が成功する可能性は高い気はした。見てくれの問題も当然あるが、高槻はこう見えて、誰かに向かって話をするのがとても上手いのだ。柔らかくて耳触りの良い声は聞く者の心を不思議なほど落ち着かせるし、深い洞察にもとづいた言葉は相手の内側に澄んだ水のように染み込んでいく。……理性さえ吹っ飛ばなければ、この人はものすごくきちんとした人なのだ。

週末の駅前は、多くの人や車が行き交っていた。約束の時間よりも少し早く着いてしまったせいか、迎えの車はまだ来ないようだ。

尚哉は、高槻が持った紙袋に目を向けた。

大きめの紙袋に入れてあるので、人形の姿はすっぽり隠れている。紙袋の口から中を覗《のぞ》けば、人形の黒々とした頭と着物の柄が少し見える程度だ。赤地に一面花の模様が散った着物。

「そういえば、『市松人形』って、別に市松柄の着物を着てるわけじゃないんですね」

「え？」

「いや、てっきり市松模様の『市松』なのかなって思ってたんで。この手の人形って、何で『市松人形』っていうんですか？」

尚哉が尋ねると、高槻は、自分も紙袋を見下ろして、

「深町くんが思ってたみたいに、市松模様の『市松』だって説もあるよ。昔は市松模様の着物を着せられて売られることが多かったらしくてね。でも、一番よく言われる説は、初代佐野川市松《さのがわいちまつ》の似顔人形に由来するっていう話かな」

「佐野川市松？」

「江戸時代中期の歌舞伎役者でね、大変な美男子だったらしい。そもそも市松模様の市松も、彼の名前からきてるんだよ。もともとは『石畳』って呼ばれていた模様だったん

だけど、大人気役者の佐野川市松が着物の柄に使ったことから、彼の名前を冠した呼ばれ方をするようになったんだ。で、そんなに大人気の役者なら、彼に似せた人形を作ったらバカ売れするんじゃないかって思った人がいたんだね」

「売れたんですか、それ」

「すごく売れたらしいねえ。当時の歌舞伎役者の人気は今のアイドルどころじゃないからね。観劇帰りのお金持ちの奥様やお嬢様が、大喜びで買って帰ったわけだ」

「でも、歌舞伎役者ってことは、男性ですよね？　市松人形って、女の子の人形ばかりじゃないですか？」

尚哉は首をかしげる。

まぁちゃん人形も、小さい女の子を模した人形だ。歌舞伎役者に似せた人形と言われても、いまいちぴんとこない。

「江戸時代の市松人形は、男児の人形が多かったらしいよ。でも、市松の死後にも同じタイプの人形は売られ続け、『市松人形』という名前だけが残ったんだろうね。かつては奥様お嬢様方が贔屓《ひいき》の役者の似顔人形として買っていたわけだけど、女児向けの抱き人形や着せ替え人形として作られるようになるうちに、だんだん男児よりも女児の姿の人形の方が多くなっていったのかもしれない。その方が衣装も華やかだからね」

「子供向けの着せ替え人形ってことは、今でいうリカちゃん人形みたいな感じですか」

「うん、まあ、リカちゃんよりはだいぶ高価だけどね。……でも、大正末から昭和初期にかけて、市松人形は嫁入り道具の一つになった」

「嫁入り道具？　何で着せ替え人形を？」

「子供を模した人形だから、子宝に恵まれるようにっていう意味だったんだけど——『嫁ぎ先で辛《つら》いことがあったら、人形に話を聞いてもらって頑張りなさい』って意味合いもあったそうだよ。当時は、女性の立場は今よりずっと低くて、辛い目に遭うことも多かったからね。たった一人で実家を離れて違う家に嫁いでいく女性にとって、市松人形は心の支えになったんだ。……人形というものは、ずっと昔から人の傍にあって、人を守ってきたんだよ」

高槻はそう言って、また人形が入った紙袋に視線を向けた。

「日本の人形のルーツは、儀式に使う『ひとがた』だ。『形代《かたしろ》』とも呼ばれる、和紙や木を人の形に整えたものだよ。神霊を依《よ》りつかせたり、人の身から穢《けが》れを移して祓《はら》ったりする器として使われていた。今ある人形の直接の祖型と言われている『天児《あまがつ》』や『這《ほう》子《こ》』といった赤ん坊を模した人形も、子供に降りかかる病や厄災を肩代わりさせるための身代わり人形だったんだ。雛人形《ひなにんぎょう》もそうだよ。もともとは厄災除《よ》けのための人形で、年に一度雛流しといって川に流したりしていた。大切な相手を守るために、人形を用意してその相手の身近に置く。そういう習慣がこの国にはあったんだ」

普段の講義と同じ口調で、高槻がそう語る。

休日の、しかも駅前の雑踏の中でする話でもないのかもしれないが、尚哉はその声に耳を澄ます。

目の前を、母親に手を引かれながら、小さな女の子が歩いていく。女の子はいかにも大事そうにウサギのぬいぐるみを抱きしめている。尚哉も高槻も、なんとなくその子を目で追う。……だいぶくたくたになったそのぬいぐるみは、たぶんいつでもあの女の子と一緒にいるのだろう。

「やがて厄除けの要素が薄まって、単なる愛玩《あいがん》用としての人形が一般的になっても、やっぱり人形は人の心に寄り添うためのものなんだろうね。だから小さい子は人形がないと眠れないし、誰かの面影を人形に重ね合わせて故人を偲《しの》ぶ人だっているんだ」

人形はかつて、神霊や厄災を入れるための器だった。

でも、今でもそうした器としての役割は、人形の中に残っているのかもしれない。

あの小さな女の子が抱いたウサギのぬいぐるみは、両親が買ってあげたものだろうか。あるいは祖父母からもらったものだろうか。いずれにしても、あの子を愛する誰かが与えたもののはずだ。あのぬいぐるみの中にはきっとその誰かの愛が入っていて、そしてあの子自身の愛情もまたはちきれんばかりに詰まっていることだろう。

そして、千尋の祖母にとって、まぁちゃん人形は、亡くした子供の代わりだった。愛する子への想いが込められた人形だった。

人はそうやって、人形という器に愛という名の感情を入れて、己の傍に置いている。

尚哉は視線を足元に落とし、ぼそりと呟《つぶや》いた。

「……説得、できますかね。畑中さんのお母さん」

「どうだろうねえ。まあ、頑張ってみるよ」

ちらと苦笑して、高槻が言う。

そのとき、一台の車が二人の前に停まった。

運転席のドアを開けて、千尋が顔を出す。

「お待たせしてすみません！　どうぞ乗ってください」

「ああ、お迎えありがとうございます」

高槻が笑顔で会釈して、後部座席のドアを開ける。高槻と尚哉が車内に収まると、千尋はすぐに車を出した。

千尋の家は、閑静な住宅街の中にあった。小さな庭のついた一戸建てで、外から見ても庭のカエデの木が見事に紅葉しているのがわかる。燃え立つような鮮やかな赤が、ぱっと目を引いた。

車を降り、千尋の後について玄関に向かう。

「ただいま。先生連れてきたけど――……」

「ああ、おかえりなさい。こんにちは、いらっしゃいませ！」

千尋が玄関の扉を開けると、すぐに千尋の母が出てきた。台詞《せりふ》の前半は千尋に、後半は高槻と尚哉に向けられたものだ。

「こんにちは、青和大准教授の高槻と申します。本日は訪問をお許しくださり、本当にありがとうございます。こちらは大学の近くにあるパティスリーの焼き菓子なんですが、うちの研究室の子達がおいしいと褒めていたものですので、よろしければどうぞ」

高槻がそう言って、手土産の菓子折りを差し出した。

「まあまあ、そんな気を遣っていただいて、どうもありがとうございます。さあどうぞどうぞ、狭いところですが、お上がりください」

千尋の母親が礼を言いながらそれを受け取り、家の中へと招き入れてくれる。恐縮した様子だが、高槻を見つめるその瞳《ひとみ》は、ほとんど芸能人を見る視線に近い。高槻の顔が見たくて訪問を許可したというのは、どうやら誇張ではなく本当だったようだ。よく見れば、服装は明らかによそゆきのお洒落着《しゃれぎ》だし、ふんわりとしたショートボブの髪もきちんとセットされている。高槻のために気合を入れて身なりを整えた結果らしい。

リビングに通され、千尋の母が出してくれた紅茶をいただきながら、話を聞くことになった。千尋の祖母の姿はない。この時間は、奥の部屋で休んでいるのだという。

たっぷりと砂糖を入れた紅茶を口に運び、高槻が言った。

「すみません、さぞ驚かれたのではありませんか？　動く市松人形の話を聞きに、わざわざ大学から人がやってくるなどと聞かされて」

「ええ、それはまあ……あの、高槻先生は、怖い話の研究をされているとか……？」

千尋の母が、少し首をかしげながら言う。気持ちはわかる。尚哉だって、高槻の講義を受けるまでは、呪いの人形だのトイレの怪談だのが真面目な研究のテーマになるなどとは思っていなかった。

高槻は笑顔のままうなずいて、

「はい。僕の専門は民俗学で、現代で語られている都市伝説や怪談などに特に興味があります。『人形が動く』というのは、昔からあるスタンダードな怪談ですが、それを実体験としてお持ちの方にお会いするのは、今回が初めてです。ぜひ聞き取り調査をさせていただければと思いまして」

淀《よど》みない口調でそう語りながら、紙袋からまぁちゃん人形を取り出す。

案の定、千尋の母は、人形を見て顔をしかめた。

「……私としては、この人形がこうやってうちまで戻ってきてる時点で、十分に怖い話だと思うんですけどね」

「そうですね、これを怪談として語ることもできるでしょうね」

まぁちゃん人形の脚を曲げ、テーブルの上に座らせながら、高槻が言った。

「確かに捨てたはずの人形が、人から人へと渡った末に元の家へと戻ってくる。ホラー作品ではありがちですね。——しかし、この人形がこちらのお家《うち》に戻ってきたのは、何とか見つけられないものかと人形を探し続けたお嬢さんの努力と、蚤《のみ》の市《いち》でこの人形を見つけて購入した三谷教授の厚意によるものです。決して怖い話ではありませんので、どうかご安心ください」

ぼさぼさに乱れた人形の髪を整えるようになでつけ、高槻がにっこりと笑う。

そして高槻は、千尋の母の方へ少し身を乗り出すようにして、言葉を続けた。

「とはいえ、あなたが怖い体験をしたことまで否定するつもりはありません。何があったのか、聞かせていただいてもいいですか？」

「ええ……でも、この子から大体のことはすでにお聞きなんですよね？」

千尋の母が、傍らに座る千尋の方へと視線を向ける。千尋は紅茶のカップを両手で持ったまま、ちょっと肩をすくめてみせた。あらためて自分で話せということらしい。

千尋の母は、もう、というように千尋を軽く睨《にら》むと、小さく息を吐いた。

「――ものがなくなるのも、困るんですけど。でも、それはまだいいんです、翌日には出てきますから。ただ……人形があちこち動き回るのが、どうにも嫌で」

顔をしかめて紅茶を一口飲み下し、千尋の母はそう言った。

高槻が尋ねる。

「それが起きるようになったのがいつ頃からだったか、覚えていらっしゃいますか？」

「……ええ、覚えてますとも。印鑑がなくなった後からです」

千尋の母が答えた。

印鑑といっても、銀行印などの大事なものではなく、宅配便が来たときに使用するためのネーム印だったのだという。いつもは玄関の下駄箱の上に置いているのだが、気づいたらなくなっていたそうだ。

「ネーム印とはいえ、ないと困りますからね。どうせお義母《かあ》さんの仕業でしょうから、ちょっときつめに詰め寄ったんです。『ハンコ返してください！』って。でも義母《はは》はいつも通りに、『仕方ないねえ、まぁちゃん、明日《あした》の朝までに返してあげて』なんて言うもんだから、私も頭にきてしまって。『くだらない人形遊びも大概にしてください！』って怒鳴ってしまって……ひどいと思います？　でも、そのときは本当に腹が立ったんです。そうしたら、その日の深夜ですよ。人形が、廊下に立ってて」

「成程、それが始まりだったんですね。気がついたら後ろに立っていることが多かった、ということでしたね？　それは、どのくらいの頻度だったのでしょうか」

「週に数回、でも、多いときは毎日でしたよ。とにかく、気づいたらそこにいるんです。台所で洗い物をしていて、ふっと振り返ると、戸口のところからこちらをじっと覗《のぞ》いていたりして。気持ち悪いったらありゃしないですよ。真夜中にトイレに立って、用を済ませて出てきたら、暗い廊下の先に古びた市松人形が立ってたときの恐ろしさといったらもう……ねえ先生、わかってくださいます？　思わず腰を抜かしましたし、あまりのショックに、その後なかなか寝つけなかったんですよ！」

「申し訳ありませんが、僕にとってそのシチュエーションはわくわくしすぎて眠れなくなりそうなくらい喜ばしいものなので、あまり僕の意見は参考にならないかと思います。こちらの深町くんには、よくわかるんじゃないかと思いますが」

高槻が笑顔で尚哉に話を振る。

仕方なく尚哉は口を開き、

「あー……ええと、そのシチュエーションは俺もすごく嫌です」

「そうよね、わかってくれるわよね！」

途端、千尋の母が、尚哉の手をテーブル越しに取らんばかりに喜んだ。共感してくれる相手が見つかったのが余程嬉《うれ》しいらしい。

「ああよかったわ、同じ気持ちの人がいてくれて！……まったくもう、この子は『そんなに怖がることないじゃない』とか言うし、お義母さんは取り合ってくれないし、私の味方なんて一人もいなくて困ってたんですよ！　だから、余計に苛々《いらいら》しちゃって」

千尋の母が人形を睨む。人形は我関せずという顔で微笑み続けている。

ここまでの話に、嘘は一つもなかった。

千尋の母は、実際に怖い思いをしていたのだろう。人形が家の中を神出鬼没に移動したというのも本当のことだ。

「それで──あの日の朝も、とんでもないことがあって」

千尋の母が、思い出すのも嫌だという顔で続けた。

「朝起きたら、よりにもよって枕元に、この人形が立っていたんです。人間って、あまりにも怖いと悲鳴も出ないものなんですね。思わず払いのけたら、人形がぱたんって倒れて、それもまた怖くて、もう私とても我慢できなくて……それで、ちょうどその日は燃えるゴミの日だったのを思い出して……」

「他のゴミと一緒に、人形を捨てちゃったんですか？」

尚哉が尋ねると、千尋の母は、少し顎《あご》を引くようにしてうなずいた。

「……ひどいって思うかしら？　でも、起きて一番に見たのが薄汚れたぼさぼさ頭の人形の顔だった私の気持ちも察してくださいな！　心臓が止まりそうだったのよ、あなたならわかってくれるでしょ？」

そう言って、千尋の母がすがるような視線を尚哉に向ける。

テーブルの下で、高槻がちょんちょんと尚哉の脚をつついた。

尚哉は慌てて千尋の母に向かってうなずき、

「それは俺も本当に嫌です。心中、お察しします」

「そう、そうなの、本当にびっくりして死ぬかと思ったのよ！」

千尋の母がほっとしたような顔で言う。

どうやら今日の尚哉の役割は、千尋の母に対する共感役らしい。ちらと高槻を窺《うかが》うと、よくできましたと言わんばかりの笑みを浮かべてこっちを見ていた。まあ実際、千尋の母の気持ちはよくわかるので、別にかまわないが。

それから尚哉は、ふと気がついて千尋の母に尋ねた。

「あの。……人形が枕元に立ってたってことは、部屋の中に入ってきたってことですよね。扉が開く音とか、しなかったんですか？」

「そういうのには特に気づかなかったけど……だって、寝てたものだから。私、割と眠りが深い方なのよ。寝てる間に地震があっても、なかなか気づかないくらいで」

少しの歪みもない声で、千尋の母が言う。眠りが深いのは本当なのだ。

だがそれなら、誰かが部屋の中に入ってきて人形を置いたとしても、やっぱり気づかなかった可能性が高いということだ。

高槻が千尋の方を見た。

「あなたは、同じような目に遭ったことはないんですよね」

「はい。一度もありません」

千尋が答える。

高槻は千尋の母に目を戻し、言った。

「つまり、標的になっていたのは、お母様だけということになりますね。直接的な危害は加えられていないとはいえ、お母様が人形を怖がったのも当然のことだと思います。理由さて、ここで重要になるのは、なぜこの人形はお母様だけを標的としたか、です。理由にお心当たりは？」

「それは……私が、この人形にきつく当たったからに決まってます。私のことが嫌いなんですよ、だから嫌がらせしてくるんです」

千尋の母が、どこかばつの悪そうな顔で答える。

その声に混ざった歪みに、尚哉はそっと耳を片手で押さえた。

そうしながら、ああそうかこの人は、と思う。

この人は——千尋の母は、本当は、人形が勝手に動いているなんて端《はな》から考えてはいないのだ。

尚哉の隣で、高槻がゆるやかに首を横に振る。

「それは違いますね。お話を聞いた限りでは、あなたがきつく当たったのは、この人形に対してではなかったように思います」

千尋の母が、ますますばつの悪そうな顔をした。

黙り込んだ母を、千尋が横目で見る。尚哉と高槻も、テーブルを挟んで彼女を見つめる。テーブルの上に座った人形もまた、同じように彼女に目を向けているようだった。

やがて視線の集中に耐えられなくなったように、千尋の母がうつむいた。

「……高槻先生」

テーブルの面を見つめたまま、大きなため息を吐いて、千尋の母が言う。

「怪談の聞き取り調査に来たなんて仰《おっしゃ》ってましたけど、もうとっくにおわかりなんでしょ？　人形は自分では動かないって。これは怪談なんかじゃないんだってことが」

「そうですね。動くといいなあとは思っていますが、そうそう人形が動くことがないことは勿論《もちろん》知っておりますので」

テーブルの上で両手の指を組み合わせ、高槻があらためてにっこりと笑ってみせる。

はあ、ともう一度、千尋の母がため息を吐いた。

「わかってるんですよ。――『くだらない人形遊び』、私がそう言ったのが気に喰《く》わなかったんですよ。お義母さんは」

放り出すような口調で、千尋の母が言う。

そう、人形は自分では動かない。本物の怪異でない限りは。

そして、本物の怪異などというものは、そうそう起こりはしない。

ならば、人形を動かしていた者がいる。

問うまでもなく、それは千尋の祖母以外にない。

「……ひどい嫁だと、思いますよね？」

自嘲《じちょう》するように千尋の母が唇の端を歪《ゆが》める。

千尋の母は――わかっているのだ。

自分があのとき、義母を傷つけてしまったということが。

けれど、どうしても謝れなかったのだろう。そもそもは義母がものを隠したのが悪いという思いもあっただろうし、日々の不満や、嫁姑《しゅうとめ》間の複雑な感情もそこにはあったかもしれない。

それでも、罪悪感を抱かなかったわけではないのだ。

千尋の母は、これまでの会話で何度か「ひどいと思うか」と繰り返した。それは、彼女自身が、己の言動をそう思っていたからに他ならない。もっと優しくしてやれないのかと、自分でそう思っていたのだろう。

「でも、だからって、あんな形で仕返しすることないと思いません？　私が人形を気味悪がっているのを知っていて、家のあちこちに立たせるなんて！」

「――だから、『お義母様の可愛がっている人形』ではなく『呪いの市松人形』として、この人形を処分したんですね？」

高槻がそう尋ねると、千尋の母はまたばつの悪そうな様子で、目をそらした。

千尋がよくわからないという顔で、高槻と自分の母を見比べる。

「え、どういうことですか？」

高槻が少し苦笑して、千尋を見た。

「うーん、なんて言えばいいかな……つまり、家の中のあちこちに人形が現れるようになったことを、お母様は『おばあ様による仕返し』と感じていたわけでしょう。それはまあ、怖いし腹も立つよね。でも、やめてくれと言っても、たぶんおばあ様は聞いてくれない。人形が勝手にやってるって話になるだけだろうからね。だったら、いっそ人形を捨ててやろうかとお母様は思った。でも、この人形は、おばあ様がとても可愛がっている人形だ。それを捨ててしまうなんて、あまりにもひどいことなんじゃないのか――お母様は、そう考えたんだよ」

しかし、義母からの仕返しがやむ気配はない。ますます腹も立ってくる。

ならば、悪いのはこの人形ということにしてしまえばいい。

「人形が勝手にやっていること」と、義母がそう言うのであれば、それに乗っかってしまえばいいのだ。これは呪いの市松人形、勝手に動いて悪いことをする。そんな恐ろしい人形なら、処分されても当然だ。

人は時に怪談を利用する。

自分に都合のいいように、本当のことを隠すための隠れ蓑《みの》として怪談を使う。

そうして生まれたのが、今回の『動く市松人形』の怪談だったのだ。

「……それで先生は、私にどうしろと仰《おっしゃ》るんです？」

千尋の母が、拗《す》ねた子供のように上目遣いで高槻を見た。

「お義母《かあ》さんに謝れと仰います？　その気持ち悪い人形を、この家に置き続けろと？」

「謝れとは言いません。ただ、この人形はできればお義母様に戻してあげてください」

柔らかな声で、高槻はそう言った。

「古い人形ですから、見た目に難があるのは仕方ありません。あまりにも気になるようでしたら、修理に出すといいでしょう。髪も植え直してくれますし、顔の胡粉《ごふん》を塗り直して汚れを隠してくれますよ」

「でも、また家のあちこちにこの人形が立つようなことになったら、どうすればいいんです？　慣れろと仰いますの？」

「そうですねえ……──では、人形遊びと思うのはいかがでしょうか？」

そう言って、高槻はテーブルの上に座らせた人形の頭をぽんとなでた。

「『くだらない人形遊び』ではなく、単なる『人形遊び』ですよ。『そこで何してるの』とか『勝手に出歩いちゃ駄目でしょう』と声をかけてみるんです。人形遊びというのは、人形を生きた子供のように扱って、その気持ちを代弁してやるものでしょう？　たぶんお義母様が望んでいるのは、そういう風にこの人形を扱うことなのだと思います。あなたがそうしているのを見たら、もしかしたらお義母様も人形を背後に立たせるのはやめるかもしれません。それに」

「それに？」

「そうやって話しかけているとね、きっとそのうち愛着が湧いてくるんじゃないかと思うんです」

にこりと、高槻が笑う。

テーブルの上の人形を千尋の母の方に少し押し出して、

「人形の顔は、動きません。作られたときのまま、永遠に凍りついているものです。それでも、人はそこに様々な表情を見出《みいだ》します。『悲しそう』とか『嬉《うれ》しそう』とか『喜んでる』とか——それは、つまるところは、人形を見る人が自分の中にある感情を人形に投影した結果です。もしあなたが少しでもこの人形に対して好意を持てたなら、人形もまたあなたに好意を抱くようになるのではないでしょうか」

そう言われて、千尋の母が窺《うかが》うように人形を見る。

黒々とした人形の瞳《ひとみ》を見つめ——千尋の母は、手をのばして、そっと人形の頰をつついた。

「……まったく。そんな風に人を睨《にら》むものじゃありませんよ。失礼でしょう」

小さい子供にお説教するように、千尋の母が人形に声をかける。

　あは、と千尋が笑った。

　母と同じように手をのばし、人形の反対側の頬をつつく。

「別に睨んでないよねー。仲直りしましょうって思ってるのよね？」

「思ってないわよ。この子、『よくも私のこと捨てたわね』って思ってるんだから」

「そんなこと思ってないよ！　お母さん、もっと優しい心でこの子を見てあげてよ」

「『また枕元に立ってやる』なんて思ってるんだったら、今度こそお仕置きするんだから。ちょっとは反省しなさい」

「ほらー、『ごめんなさい』って顔してるってばー。よく見てあげてー？」

　母子は人形の頬をつんつんとつつきながら、そう言い交わす。

　母の方はどうにもまだわだかまりがあるようだが、それでも――それは確かに人形遊びだったし、人形の頬をつつき合う二人はそれなりに楽しそうに見えた。

　つつかれている人形もまた、少し嬉しそうな顔をしているように見えるのは、尚哉がそう思って人形を見ているからだろうか。

　そのときだった。

「……まぁちゃん？」

　そんな声が聞こえた。

　見ると、いつの間にかリビングの扉のところに、一人の老婦人が立っていた。

　随分と小柄な人だ。灰色の髪をゆるくまとめ、薄手のセーターの上にブランケットのようなものを羽織っている。奥の部屋で休んでいたという、千尋の祖母だろう。

「あらあらまああ……そこにいるのは、まぁちゃんなの？ 帰ってきたの？」

細い声でそう言いながら、彼女はゆっくりとこちらに歩み寄ってきた。

千尋が立ち上がって、人形を祖母に差し出した。

「おばあちゃん。こちらの先生が、まぁちゃんを届けてくれたのよ」

「あらあら、それはどうも、ありがとうございます」

人形を受け取り、千尋の祖母が高槻と尚哉に向かって頭を下げる。

それから彼女は、人形をぎゅっと抱きしめて、

「まぁちゃんったら。一体どこに行っていたの、心配していたのよ。でも、帰ってきてくれてよかった。さ、あっちで一緒にお茶を飲みましょうね」

優しい声でそう言って、もう高槻と尚哉のことなど忘れたように、くるりと向きを変えた。人形を抱えたまま、リビングから出て行ってしまう。

千尋の母が苦笑いして、高槻を見た。

「すみません、先生……失礼をお許しくださいね。普段からあんな調子なもので」

「いえ、かまいませんよ。喜んでいただけたようで、よかったです。——すみません、せっかくですので、お義母様からも少しお話を聞かせていただいてもいいでしょうか」

「え？ 別にいいですけど……きちんと受け答えができるかどうか」

「それでもかまいませんので。さ、深町くんも一緒に行こう」

高槻に促され、尚哉も一緒に立ち上がる。

千尋の祖母の部屋は、リビングを出た先の、奥の和室とのことだった。

行ってみると、襖《ふすま》は開いたままになっていた。

千尋の祖母は、戸を開け放した縁側に座って庭を眺めていた。膝《ひざ》の上には、まぁちゃん人形が乗っている。

「失礼いたします」

高槻が声をかけると、千尋の祖母はゆっくりとこちらを振り返った。

皺《しわ》に埋もれた両目を軽くまばたきさせ、ついさっき顔を合わせたばかりだということを忘れたかのような顔で、ぼんやりとした笑みを浮かべる。

「あらあら。どうも、こんにちは。……どちら様だったかしら？」

「高槻と申します。大学で先生をしています」

「あらまあ、先生。それはすごいわねえ。さあさ、狭いところですがお入りになって」

千尋の祖母はふんわりした声でそう言って、ぽんぽんと自分の隣を叩《たた》いた。

「ハンサムさんは、私のお隣にどうぞ」

高槻が尚哉を振り返った。

「……えっと、深町くん、どうする？」

そんな困った顔をされても困る。自分の顔の良さについては、普段から大変よく自覚しているくせに。

「どう考えても、ハンサムさんは先生のことでしょうが。変な気を遣わなくていいですから、座ってきてください」

尚哉がどんと背中を押すと、高槻は大人しく千尋の祖母の隣に腰を下ろした。

小さな縁側は、二人座れば満員だ。尚哉は少し離れた部屋の隅から、二人の背中を眺めることにした。

この部屋からは、庭の紅葉がとてもよく見えた。鮮やかに赤く色づいた葉が枝に連なり、あるいは地に落ちて、庭全体を染め上げている。

「寒くありませんか？」

高槻が尋ねると、千尋の祖母はゆるく首を横に振った。

もう十月も終わりに近い時期だ。開け放った戸から入ってくる風は涼しいというよりは冷たく、千尋の祖母が体を冷やしてしまうのではないかと少し心配になる。けれど彼女は、これがあるから大丈夫だとでもいうようにブランケットを羽織り直し、庭を見つめ続けている。

枝を離れた赤い葉が一枚、はらはらと舞い落ちていく。

「……お庭の木が赤くなったら一緒に見ようって、まぁちゃんと約束していたんです」

千尋の祖母が口を開いた。

先程よりもずっと、しっかりした声だった。

「紅葉が終わってしまう前に、まぁちゃんが戻ってきてくれて、嬉しいわ。先生、本当にありがとうございます」

高槻に向かって、丁寧に頭を下げる。

高槻は彼女をじっと見つめ、そして言った。

「――一つ、お尋ねしてもよろしいでしょうか？」

「ええ、どうぞ」

「どうして、まぁちゃんを家のあちこちに置いたりしたんですか？　まるで、自分で動く人形であるかのように」

千尋の祖母は、ふっと口をつぐんだ。

膝の上に座らせたまぁちゃん人形の頭をなで、再び口を開く。

「……まぁちゃんは動きますよ。自分でね」

尚哉は思わずびくりとした。

今、彼女の声は歪《ゆが》まなかったのだ。

高槻がちらと尚哉の方に視線を投げる。尚哉は小さく首を横に振る。高槻は少し目を瞠《みは》りながら、千尋の祖母に視線を戻した。

「本当に動くんですか？　まぁちゃんは」

「ええ。動きますとも」

自信たっぷりに、千尋の祖母が言う。

やはりその声は歪まない。どういうことだ、と尚哉は思う。

まさか本当に、あの人形は動くのだろうか。そうして自ら、千尋の母親が眠る枕元に立ったというのか。

千尋の祖母が続ける。

「先生はご存じないのかしら。大事にすれば、ものには魂が宿るんですよ。魂が入った人形なら、それは動いて当然でしょ」

「そうですね。……その人形に入っている魂は、亡くなった娘さんのものですか？」

「ええ。あの子は五歳のときに亡くなってしまったから、この人形に入っている魂も、ずっと五歳のままなんですよ」

膝の上から持ち上げた人形を、千尋の祖母は大事そうに抱きしめ、頰ずりした。

尚哉は彼女の背中を茫然《ぼうぜん》と見つめる。相変わらずその声には少しの歪みもなく、千尋の祖母の肩越しにわずかに顔を覗《のぞ》かせた人形は黒々とした瞳《ひとみ》で尚哉を凝視している。

「五歳の子供は、そりゃああちこち動き回るもんですし、いたずらだって大好きですよ。動くなって言う方が無茶ってもんです」

「……そう、ですか」

高槻が、何かを考えるように、己の顎《あご》を軽く指でなでた。

それから、ふっと小さく笑って、千尋の祖母が抱えた人形に目を向ける。

「でも、いくら五歳の子供でも、あんまりいたずらが過ぎるのも良くありませんよ。千尋さんのお母さんを怯《おび》えさせるのは、もうやめにしないと。でないと、いつまで経っても仲良くなれませんよ」

「そうは言ってもねえ、まだ五歳ですからねえ」

「きちんと話せば、わかってくれますよ。――だって、もう五歳なんですから」

高槻が言う。

千尋の祖母が人形から顔を上げ、高槻を見た。

ふわりと、その頬に笑みが浮かぶ。

「……ああ、そうですねえ」

小さな頭を、愛《いと》しそうになでて。

優しい笑い皺に埋もれた瞳で人形を見つめながら、千尋の祖母はそっと囁《ささや》くような声で言う。

「この子も、もう五歳ですからねえ」

高槻はしばらく千尋の祖母を見つめ、それからゆっくりと立ち上がった。

「それでは、僕はそろそろ失礼いたしますね」

「あら。先生、もう帰ってしまうの？」

「ええ。お話しできて楽しかったです」

「あらあら……もっとゆっくりしていけばいいのに」

千尋の祖母が言う。

「もうしばらくしたら、夫が帰ってくると思うんですよ。夫も先生に挨拶《あいさつ》したいって言うかもしれませんから、よかったらもうしばらくいてくださいません？」

尚哉はその言葉にはっと息を呑《の》む。

高槻は千尋の祖母を見下ろし、そして、もう一度縁側に膝をつくようにして、すとんとしゃがみこんだ。

千尋の祖母と目を合わせ、にっこりと笑う。

「いいえ。あまり長居をしても迷惑になってしまいますからね」

「あら、そう……？」

千尋の祖母が残念そうな顔をする。

高槻が手をのばした。

千尋の祖母が大事に抱いたままの人形の手をそっと握り、

「じゃあね、まぁちゃん。いい子でね」

そう言って、握手するように優しく上下に振る。

再び立ち上がり、尚哉を連れて部屋を出て行こうとした高槻を、千尋の祖母がまた呼び止めた。

「先生。お待ちになって」

振り返ると、千尋の祖母が、皺だらけの小さな手の上に綺麗《きれい》に赤く染まったカエデの葉を二枚載せて、こちらに差し出していた。

「ハンサムさんにお土産よ。そちらの可愛い子にも、勿論《もちろん》ね」

高槻は尚哉と顔を見合わせ、それからぷっと小さく吹き出した。

千尋の祖母から葉を受け取り、まだ笑ったまま、尚哉に一枚渡してくる。

「はい。これ、可愛い子の分」

「……どうせ俺はハンサムじゃないです」

「何拗《す》ねてるんだい。――さ、行こう」

受け取った赤い葉を指でつまんで顔をしかめた尚哉の頭を、高槻がぽんと叩《たた》いた。

駅までは、また千尋に車で送ってもらった。

千尋には、何度も礼を言われた。

「先生には本当にお世話になりました！　おばあちゃん、すごく喜んでました！　母も、たぶんもうまぁちゃん人形を捨てたりはしないんじゃないかと思います」

三谷先生にもどうぞよろしくお伝えくださいと頭を下げた千尋と駅前で別れ、去っていく車を見送ってから、尚哉は口を開いた。

「……先生」

「うん、何だい？　深町くん」

高槻が尚哉を見る。

「あのおばあさんの声。――一度も、歪まなかったんです」

「うん。そうみたいだね」

「人形が自分で動くって言ったときも……もうすぐ旦那《だんな》さんが帰ってくるって言ったときにも」

尚哉の耳は、人が口に出して言った嘘を、音の歪みとして知覚する。

どんな類《たぐい》の嘘であれ、本人がそれを嘘とわかって口にする限り、必ずその声は歪んで聞こえるのだ。

そう——本人が、それを嘘とわかって口にする限りは。

高槻が言った。

「千尋さんのおじい様は、もう何年も前に亡くなっているという話だったね」

縁側にちんまりと座った千尋の祖母の姿を思い出す。

認知症が始まっているというのは、あらかじめ聞いていた。言動を見ていても、そんな感じはした。

でも、途中から急にしっかりした声になったから、きっと波があるのだと思ったのだ。ぼんやりしているときと、意識がはっきりしているときとが、交互にやってくるという話をどこかで聞いた覚えもある。

だが、千尋の祖母の中では、もうとうに過去の記憶も夢も現実も境目をなくしてしまっているのかもしれない。

「結局、あの人形は、おばあさんが動かしていたんですよね？　自分で、廊下や、階段の上や、千尋さんのお母さんの枕元に置いて——そして、そのことを、忘れてしまったんですよね」

だから、『人形が自分で動く』と言ったときの彼女の声は歪まなかったのだ。

ただそれだけのことなのに、なんとなく寂しいような気持ちになるのはなぜなのだろう。千尋の祖母の認知症の具合を思い知らされたような気がして悲しいのか——それとも、あの人形が自分で動けばいいと、いつの間にかそんな風に思うようになっていたからだろうか。

「……いいんじゃないかな、それでも」

ゆっくりとした口調で、高槻がそう言った。

千尋の車が去っていった方角を、あの赤い紅葉の庭を持つ家がある方を振り返り、高槻は微笑むように目を細める。

「怪異は『現象』と『解釈』の二つで成り立っている。市松人形が家の中を動き回るという現象に対して、千尋さんのお母様は、『お義母《かあ》さんの仕業だ』という解釈をしつつも、『呪いの市松人形だから勝手に動くんだ』という別の解釈を表向きには採用した。人というのは、自分にとってより都合の良い解釈を選択したがるものだからね。そして、千尋さんのおばあ様の場合は——その逆だ」

「逆？」

「『娘の魂が入った人形は動かなければならない』という動機がまずあった。だから、まるで人形が自分で動いたかのように装った。『動く市松人形』という現象を、意図的に作り出した。言ってしまえばヤラセだね。……しかし彼女は、自分がそれをやったのだということを、忘れてしまう。結果として残るのは、人形が動いたという現象だけだよ。彼女はそれに自分の望み通りの解釈を与える。『人形の中に入った娘の魂が動かしたのだ』——彼女は、その解釈をこれからも頑《かたく》なに信じ続けるだろうね。それはとても幸せな夢だから」

死んでしまった娘がまだ自分の傍にいるように思える、幸せな夢物語だから。

でも、夢と現実の境が解け出した世界に生きる彼女から、それを奪うのは酷な話だ。

千尋の母に対するいたずらさえやめば、たぶんあの家の中での問題もなくなるだろう。

……まあ、そうそう人形と仲良くもできないかもしれないが、それでも千尋の母は、ある程度の理解を示してくれそうではあった。

尚哉は、ポケットにそっと手を入れた。

千尋の祖母がくれたカエデの葉を取り出し、指でつまんで眺める。

紅葉が盛りの間にあの人形を届けられてよかったな、と思った。

それにしても、随分と風流なお土産をもらってしまった。押し花ならぬ押し葉にでもすればいいのだろうかと思いつつ、尚哉は赤い葉をもう一度大事にしまった。

——研究室にまぁちゃん人形が戻ってきている、と三谷から連絡があったのは、それから数日後のことだった。

高槻と一緒に見に行くと、まぁちゃん人形は、三谷の研究室の本棚の上に、たくさんの市松人形にまぎれてしれっと座っていた。

高槻が着物の裾《すそ》を裏返してみると、「正子」の縫い取りが見える。間違いなくまぁちゃん人形だった。

三谷が言うには、いつの間にかそこにいたのだという。

「気づいたのはついさっきなんだけどさぁ……いつから置いてあったのかは、ちょっとわからないなあ。僕の研究室、昼間は鍵《かぎ》開いてるから誰でも入れるしねえ」

「でも、何だってまた戻ってきちゃったんです？」

本棚の上に鎮座しているまぁちゃん人形を、尚哉は恐々と見上げる。

「畑中さんに電話してみよう」

高槻がそう言ってスマホを取り出し、千尋に電話をかけた。

電話に出た千尋はひどく驚いた様子で、

『ええっ？　どうしてまぁちゃんが……まさか、また母が捨てちゃったんでしょうか。でも研究室にあるなんておかしいですよね？……あの、ええと、ちょっと家に電話して確認してみます！　すぐにまた折り返しますから！』

待つこと数分、折り返しの電話はすぐにきた。

電話の向こうの千尋の声は、困惑を極めていた。

『あの……母に訊《き》いたら、捨てたりなんて絶対してないって……最近はまぁちゃん人形が家の中を動き回ることもなかったし、母も前ほど毛嫌いした様子はなかったんですよ。だから、嘘はついてないと思うんです。──それで、あの……』

そこで千尋は一度言い淀《よど》み、ややあって決心したように口を開いて、

『母と話してたら、途中で祖母が電話を替わって。それで……まぁちゃんがいなくなったことについて、全然ショックを受けてないみたいなんです。それどころか』

千尋の祖母は、そのときこう言ったのだという。

──そっちにはお友達がたくさんいるから、楽しいんですって。

──しばらく遊んでくるって言ってたから、よろしくお願いしますって伝えてね。

とりあえず千尋には人形をこちらでしばらく預かる旨を伝えて電話を切り、三人で顔を見合わせた。

よろしくお願いしますってどういうことだ、と尚哉は思う。

三谷が口を開いた。

「高槻くん。……畑中さんのおばあさんに、研究室の話ってした？　僕が市松人形集めてることとか」

「してませんね」

高槻が言う。

いやいやいやと尚哉は首を振って、

「畑中さんから聞いたんじゃないですか？　ほら、どうしてまぁちゃん人形を見つけた

のかっていう話をしたときにでも」

「その可能性はあるけど——でも、じゃあ、この人形をこの部屋に持ってきたのは誰なんだろうね？」

高槻の問いに、尚哉は返す答えを見つけられず、口をつぐむ。

千尋は、人形がここにあることについて、純粋に驚いていた。電話の向こうから聞こえる声に少しの歪《ゆが》みもなかったことから考えても、人形を運んだのが千尋だということはありえない。

千尋が最初に研究室を訪れた際、三谷も高槻も千尋に名刺を渡している。名刺には青和大学の住所が書いてあるし、そんなもの見なくても、大学の場所くらい簡単に調べられるだろう。だから、千尋でなくても人形を運ぶことは可能だが——千尋の母がそんなことをする必然性はあまり感じられない。千尋も、母と人形の関係は悪くなかったと言っていた。

一番考えられるのは千尋の祖母だが——彼女が一人でここまで来られるだろうか。それに、家から離れたこんな場所までわざわざ人形を持ってくるとも思えない。

それならば。

「そういえば、畑中さんの家でまぁちゃん人形が初めて動いた日の晩——畑中さんがおばあ様の部屋を見に行ったら、おばあ様は寝ていたっていう話だったよね」

高槻が言う。嫌なことを思い出すな、と尚哉は思う。

千尋からそう聞いたときには、てっきり千尋の祖母が寝たふりをしていたのだと思っていた。人形を廊下に立たせて自分は布団に戻り、知らぬ素振りをしていたのだと。

でも――もしかしたら本当に、千尋の祖母はそのとき寝ていたのではないのか。

「……三谷先生」

高槻が、目をきらきらと輝かせながら、興奮した口調で言った。

「定点カメラを仕掛けてもいいですか？」

――その後の話をしておこう。

まぁちゃん人形は、尚哉が二年生になった現在も、三谷の研究室にいる。千尋の祖母にはあらためて確認を取ったが、「帰りたくなったら自分で帰ってくるでしょ」とのことだった。千尋に連れられて一度だけ様子を見に来た彼女は、たくさんの市松人形と一緒に並んでいるまぁちゃん人形を見て、「よかったわねえ、お友達がたくさんできて」と屈託なく笑ったという。

高槻が仕掛けたカメラには、今のところ特に気になるようなことは何も映っていないらしい。深夜に人形達が寄り集まってお茶会なり井戸端会議なり開くのではないかと高槻は期待していたらしいが、そんなことはそうそう起きないようだ。

三谷は、まぁちゃん人形が研究室にいることについて、温かく受け止めているようだった。

「まあ、そのうち自分でいなくなるかもしれないでしょ。僕はかまわないよ」

しかし、まぁちゃん人形にまつわる話を聞かされた三谷研究室所属の院生達は、ますます研究室に寄りつかなくなったという。

尚哉も、あれ以来、三谷の研究室には行っていない。

ずらりと並んだ人形達がやっぱり怖いというのもあるが、その中にいるまぁちゃん人形を見るのが恐ろしくてならないのである。

だって尚哉は、あのとき確かに見てしまったのだ。

まぁちゃん人形が戻ってきたと聞いて、三谷の研究室を見に行ったときに。

本棚に座るまぁちゃん人形の、その着物の裾から覗《のぞ》いていた足袋《たび》が、ひどく汚れていたのを。

古い人形だし、前から汚れていたとしてもおかしくはない。最初にまぁちゃん人形を見せられたとき、足袋がどうだったかも覚えてはいない。

それでも、あの汚れ具合は。

まるで人形が自分の足でひたひたと歩いてここまでやってきたかのようで——それを想像すると、かつて見た雛《ひな》祭《まつ》りの人形が動く悪夢が頭の中でよみがえるのだ。

二年になって史学科を選択した尚哉は、来年には専攻を決めることになる。

勿論《もちろん》民俗学考古学専攻を選ぶよね、と高槻はひそかな圧力をかけてきているが、一応自分の意思で決めたいとは思っている。

だが、たとえ日本史専攻を選んだとしても、三谷のゼミにだけは入らないだろう。三谷には悪いが、それだけは確実だと思っている。

第二章　わんこくんのわんこの話

高槻の研究室には、小さな食器棚が置かれている。

中に収められているのは、幾つものマグカップだ。研究室に置いてある湯沸かしポットとコーヒーメーカーは自由に使っていいことになっているので、院生達は皆、専用のマグカップを置いているのである。中には、研究室を卒業した者がそのまま残していったマグカップもあるらしい。彼らはたまに研究室に遊びに来ることがあるから、勝手に処分するわけにもいかないのだそうだ。

たぶん、あの食器棚に自分のマグカップを置くことは、所属意識の表れなのだと思う。

自分はこの研究室の人間ですよ、というささやかな自己主張。

——ならば、ゼミ生ですらない学部二年の自分が、そこに自分のマグカップを置いているというのは、どうなのだろう。

時折尚哉は、それを疑問に思う。

あらためて考えてみると、おかしな話のような気がするのだ。

いや、違う。高槻が持ってこいと言ったのだ。しょっちゅうバイトのために研究室に出入りするのだから、専用のマグカップを持ってきなよと。……それまで使用していた客用のマグカップが、全面にサイケデリックな絵柄の大仏が描かれた非常に前衛的なデザインで、あまり好みではなかったというのも理由の一つだが。

研究室の本棚から借り出していた本を返そうと、尚哉が高槻研究室を訪れたときの話である。

こんこん、と扉をノックすると、「はーい」という元気な声が二つ返ってきた。

扉を開けてみると、中には高槻の姿はなく、代わりに二人の女子学生がいた。

「あ、深町くんだー、いらっしゃーい」

「わー、わんこくんひさしぶりー！　元気にしてたー？」

フレームの赤い眼鏡をかけたロングヘアの方が博士課程二年の生方瑠衣子《うぶかたるいこ》、お団子頭で民芸品の人形を思わせる素朴な顔立ちの方が博士課程一年の町村唯《まちむらゆい》だ。共にこの高槻研究室所属の院生である。

二人は部屋の中央に置かれた大机に向かい合って座っていた。瑠衣子の手元には本やファイルが山と積まれ、唯はノートパソコンを広げている。二人とも作業中のようだ。

瑠衣子が立ち上がりながら言った。

「アキラ先生なら、今ちょっと外に出てるのよね。でも、すぐ帰ってくると思うから、そこに座って待ってたら？　コーヒー飲むでしょ？」

「あ、えっと、本を返しに来ただけなので、すぐ帰ります。邪魔しても悪いですし」

「わんこくんたら、そう言わずに！　ちょうど飲み物入れようかって言ってたところなの。ほらほら、わんこくんも一緒にどーぞ！」

「……あの、俺、わんこくんじゃなくて、深町です……」

さあさあここに座れとばかりに唯に椅子を出され、仕方なく尚哉は腰を下ろす。

高槻の研究室は女子ばかりであるため、所属院生は後輩男子というものに飢えているのだそうだ。おかげで研究室で顔を合わせる度に、あれこれと世話を焼かれる。前に難波に言ったら「いいなー！　俺、絶対三年になったら高槻ゼミに入るー！」と目を輝かせていたので、「抽選受かるといいな」と返しておいた。高槻ゼミは毎年応募が殺到して抽選になるらしいのだ。

「深町くんはコーヒーで、唯もコーヒーでいいのよね？　あたしは今日は紅茶にしようかなあ、新しいティーバッグ買ってきたのよね」

瑠衣子がそう言いながら、食器棚からマグカップを取り出す。

真っ赤なマグカップは瑠衣子の、ほっこりした絵柄のお地蔵さんが描かれたマグカップは唯の、茶色い犬の絵が描かれたマグカップは尚哉のだ。

傍らに置いていたエコバッグから生協で買ったとおぼしき袋菓子を取り出しつつ、唯が言った。

「そういえばさー、わんこくんって、犬好きなの？　マグカップ可愛いよねー」

「……昔、実家で犬飼ってたもんで」

「えー、どんな犬飼ってたの？　名前は？」

「ゴールデンレトリーバーです。レオって名前で」

「ああ、だからそのマグカップもレトリーバー柄なんだー。可愛いよね、ゴールデン！　うちの近所でも飼われててね、賢くていい子だよ！」

「そうですね、うちのも……すごく、賢くていい子でした」

——思い出す。

レオ。

とても大事な犬だった。大好きだった。

兄弟のように育ったし、一番の親友だったと思う。

尚哉の耳がこうなってからは、特に。

＊　＊　＊

——小さい頃、一番好きだった動物はライオンだった。

だって、かっこいい。

何しろ百獣の王だ。ふさふさのたてがみは立派だし、金色の毛並みは陽の光を浴びるときらきらと輝いて見える。テレビの動物番組で見たときに憧《あこが》れて、その後で動物園に連れて行ってもらったときには、ライオンの檻《おり》にしばらくかじりついた。……まあ、動物園のライオンは、寝てばかりでそんなにかっこよくはなかったけれど。

誕生日にはライオンが欲しい、ライオンが飼いたい。

そう言って親を困らせたのが、六歳の誕生日の前のこと。

父親は笑って「それは難しいなあ」と言った。母親は、一緒に買い物に行ったときに、さりげなくおもちゃ売り場でライオンのぬいぐるみを物色していた。ああこれはぬいぐるみで済ませるつもりだぞと子供ながらに察して、「ぼく、本物がいい！」と言ったら、母親は笑って「ライオンを飼うなら、サバンナに暮らさないとね」と言った。

お絵描き帳に、クレヨンでサバンナの家を描いた。

テントのような家。そこに暮らす自分。

広大な庭には大きな大きな、それこそ家より大きなライオン。

名前だって決めた。

レオだ。ライオンという意味だと、どこかで聞いて覚えていた。

そして、待ちに待った誕生日——の直前の、休日。

その日は、朝から両親の様子がおかしかった。前日から尚哉に隠れて二人でこそこそと話していたことには気づいていたし、当日の朝には父親だけ車で出かけていった。

「どこへ行ったの？」と母親に尋ねても、「ただの買い物よ」とはぐらかされた。

これは何かあるぞと、そう思った。

とはいえ、自分ももう六歳になるのだ。幼稚園では年長組だ。もののわからない赤ん坊や年少組とは違う。本物のライオンをもらえるなんてことはないとわかっていた。何しろうちがあるのはサバンナではなく横浜《よこはま》なのだ。まさか明日《あした》からサバンナに引っ越すなんてこともないだろうし、一戸建てとはいえライオンが飼えるほど広い庭があるわけではない。ペットのライオンが狩りに出たと思ったらご近所の人を口からぶらさげて帰ってきましたなんてことになったら、非常にまずい。

たぶん、もらえるのはぬいぐるみだ。そうに違いない。

欲しいのは本物のライオンだけど、それは仕方のないことだ。

そう思っていたら、出かけていた父親が帰ってきた。

おかえりなさいと玄関に迎えに出ようとした尚哉を、母親が引き止めた。台所でちょっと手伝ってほしいことがあるからこっちに来てくれ、と言われて、ぴんときた。

やはり父親は、尚哉の誕生日プレゼントを買いに行っていたに違いない。

ちらと廊下の方に目をやれば、こちらに背中を向けたあからさまに不自然な姿勢でリビングに入っていく父親が見えた。もう間違いなかった。

たとえぬいぐるみでも、プレゼントがもらえるのは嬉《うれ》しい。せめて大きいやつだといいなと思いながら、台所でお皿を拭《ふ》くのを手伝った。

それに、プレゼントをもらえるにしたって、どうせ誕生日当日になってからだろう。

きっと父親は、尚哉に見つからないようにプレゼントをどこかに隠しているのだ。

そう思っていたから、その後すぐに父親に呼ばれて、びっくりした。

リビングに入ると、床の上に、リボンのついた大きな白い箱が置いてあった。

思わず目を瞠《みは》った。

だって、まだ誕生日じゃないのに。

「ちょっと早いけど、お誕生日おめでとう！」

両親がそう言って、ぱちぱちと拍手してくれた。

「なんで？　ぼく、まだおたんじょうびじゃないよ？」

そう言ったら、母親が言った。

「今年は特別。どうしても、お休みの日にお誕生日会をしたかったの。ほら、普通の日だと、お父さんがお仕事で帰りが遅くなるでしょ？　ああでも、年を取るのは、本当のお誕生日がきてからよ？　まだ今日は五歳のままなんだからね？」

その母親の話を、尚哉は途中からさっぱり聞いていなかった。

なぜって、目の前の大きな箱が、もぞりと動いたからだ。

何か入っている。

そしてそれは、ぬいぐるみなどではない。

「ああ、外に出たいんだな。早く開けてやらないと。尚哉、ほら」

父親に促されて、恐る恐る箱に手をのばした。

いつものプレゼントは包装紙で包まれているのに、この箱はそうじゃなかった。リボンも、全体にかかっているのではなく、蓋《ふた》にくっついているだけだった。だから、蓋を持ち上げさえすれば、箱は簡単に開いた。

箱の中には、ライオンの子供が入っていた。

「ライオンだー！」

思わずそう叫んで、箱の中から両手で持ち上げる。

ライオンの子供は、尚哉の手の中でくんくんと鼻を鳴らした。柔らかな体。金色の毛並み。ふさふさした茶色いたてがみ。図鑑と違って、耳は垂れていた。きっとそういう種類のライオンなのだろう。ライオンの子供は焦げ茶色の瞳《ひとみ》でこちらを見上げ、濡《ぬ》れた黒い鼻をぺっちゃりと顔に押しつけてきた。抱きしめたら、とても温かかった。

そのとき、尚哉の腕の中で、ライオンの子供が、わん、と鳴いた。

びっくりしてライオンの子供を見下ろした尚哉に、父親が言った。

「これはライオンじゃないよ。でも、よく似てたから、連れてきたんだ」

そう言って、ライオンの子供のたてがみに手をかける。

ふさふさしたたてがみは、あっさりはずれた。ぬいぐるみの毛でできた偽物のたてがみだったのだ。

「これ、ライオンじゃないの？」

尚哉が尋ねると、母親が笑った。

「ライオンじゃなくてワンちゃんよ。犬なの」

「犬なの……？」

尚哉はあらためて、腕の中のライオンの子供――あらため、仔犬《こいぬ》を見下ろした。

仔犬は腕の中でじたばたと暴れている。顔を近づけると、ぺろりと顔を舐《な》められた。

父親が言った。

「ゴールデンレトリーバー、っていう種類だよ。今は子供だから小さいけど、すぐに大きくなる」

「ライオンくらい？」

「ライオンよりは小さいけど、このくらいにはなる」

父親が手で示した大きさは結構なものだった。尚哉にとってはライオンに等しいほどの大きさだ。この小さな仔犬がそんなに育つとはにわかには信じられなかった。

「どうだ？……ライオンじゃないと、やっぱり駄目か？」

父親に訊《き》かれて、尚哉はううんと首を横に振って、金色の毛並みに頰ずりした。

ライオンじゃなくても、この仔犬が良かった。

だって、こんなに可愛いのだ。それに、いずれライオンとおなじくらい大きくなるかもしれないのだ。

最高のプレゼントだった。

その後は、母親がイチゴの載ったケーキを冷蔵庫から持ってきて、皆で食べた。甘い甘い生クリームは舌の上で蕩《とろ》けるようだったし、真っ赤なイチゴはつやつやで、スポンジはふわふわだった。仔犬にもケーキをあげていいかと訊いてみたら、駄目だと言われた。犬には犬のおやつがあるのだそうだ。

あんな幸せな日は、後にも先にもないと思う。

それはまだ、尚哉が甘いものが大好きだった頃の話。

あの青い提灯《ちょうちん》の祭に迷い込むずっと前、誰のどんな嘘を聞いても大丈夫だった頃。

尚哉の家族が、まだ仲良しだった頃の話だ。

ライオンではないが、仔犬の名前は「レオ」になった。

仔犬の間は家の中で飼ってもいいが、大きくなったら庭で飼うようにと母親に言われた。大きくってどのくらい、と訊いたら、このくらい、と手で示された。やっぱりライオンと同じくらいに育つらしい。それなら家の中で飼えなくても仕方ないなと思った。

それからしばらく、家の中は毎日大騒ぎだった。

尚哉も両親も、レオに振り回されっぱなしだった。

トイレのしつけが一番大変だった。ここでするんだよとペットシーツを置いておいても、レオはそんなのおかまいなしだった。おまけにレオは、何でもかんでも齧《かじ》りたくてたまらないようだった。家中のスリッパが犠牲になった。テーブルの脚も穴だらけになった。小さな金色の毛玉みたいな生き物が家の中を賑《にぎ》やかに駆け回った。外に散歩に連れて行けば、水溜《みずた》まりに突進して泥水まみれになったり、道に落ちているなんだかよくわからないものを食べようとしたりした。

幸いだったのは、両親ともにかつて犬を飼った経験があったことだ。

家の中を荒らし回るレオを見て、母親が激怒するのではないかと心配だったのだ。父親に駆け寄ったレオがその脚に向かっておしっこしたときには、もうこんな犬は返してこようと言われるんじゃないかと思って、びくびくした。

が、実際は、二人とも呆《あき》れたり困った顔をしたりしただけだった。勿論《もちろん》レオは叱られたけれど、捨ててこようという話は一度も出なかった。

「仔犬のうちは、まあ、仕方ないわね……」

「俺が昔飼ってた犬は、もっとひどかったからなあ」

「そうね、私が飼ってた子もそうだったわ」

ため息交じりにそう言い交わす両親を見て、必死に背中の後ろにレオをかばっていた尚哉は、心底ほっとした。

だが、レオは賢い犬だった。

ある日突然トイレを覚え、それどころかお手もおかわりも待ても覚えた。取ってこいができるようになったときには、家族全員で誉めそやした。そのうちにテーブルの脚を齧ることもなくなった。ただ、スリッパだけはどうしても齧りたいようだったので、新しいスリッパは全て戸棚の中にしまい込まれた。

尚哉とレオは、何をするときにも一緒だった。

さすがに幼稚園には一緒に行けなかったけれど、それ以外の時間はいつも一緒にいた。尚哉がごはんを食べるときには、レオもすぐ傍らの床の上でごはんを食べた。テレビも並んで観た。尚哉がテーブルでお絵描きをしているときには、レオはすぐ横でモデルを務めた。モデルがあまりに動き回るのでお絵描きが中断することも多かったが、別にかまわなかった。夜は勿論一緒に寝た。本当はぬいぐるみのように抱いて寝たかったのだが、それはレオの好みではないようだった。いつも尚哉のベッドの足元の方で、布団の上に丸くなって眠った。

長野にある祖父母の家にも、一緒に行った。従兄達《いとこ》はレオを見て羨《うらや》ましがった。祖父母も、レオを可愛がってくれた。ただ、祖父のサンダルを齧ってボロボロにしてしまったときには、さすがに叱られた。

そして、レオはぐんぐん大きくなっていった。

半年も経つ頃には、もうライオンに近いサイズになっていた。

大きくなったら庭で飼う。それが約束だった。

ある日、父親が、庭に犬小屋を新設した。ホームセンターで買ってきた組み立て式の犬小屋だ。屋根の色は赤だった。レオの首輪と同じ色だ。

「どうだ、レオもこれで庭付き一軒家の主《あるじ》だ」

父親はそう言ったが、尚哉は心配だった。

「雨がふったら、ぬれない？」

「地面からちょっと高くしてあるから、大丈夫だよ」

「台風がきたら、犬小屋ごととばされない？」

「ブロックで支えてあるから平気だと思うけど。あんまりひどい天気のときには、家の中に入れればいい」

「……一人でねて、レオはさびしくない？」

「それはどうだろうな」

「……ぼくもここでレオといっしょにねてもいい？」

「うーん、尚哉が入るにはちょっと狭いかなあ」

どうせならもっと大きな犬小屋を建ててくれればよかったのに、と尚哉は思った。レオと尚哉が一緒に住めるくらいの。だって毎晩一緒に寝ているのに、いきなりレオだけ外で寝ろだなんて、きっとレオは寂しくて寂しくて泣いてしまうに違いないと思った。

ところがレオは、新しい犬小屋が気に入ったようだった。

これは自分のものだという顔でさっさと中に入り、組んだ前足の上に顎《あご》を載せるようにして、実に満足げに寝そべった。

その晩、寂しさのあまり涙で枕を濡らしたのは、尚哉だけだった。

やがて尚哉が小学校に上がる頃には、レオはますます大きくなった。もはやどう見てもライオンだったが、図鑑を見ると、ライオンはイヌ科ではなくネコ科だとのことだった。近所の野良猫の方がレオよりもライオンに近いとは驚きだった。

毎日、小学校から帰るとすぐに、尚哉はレオの散歩に出かけた。

レオは、誰に対してもフレンドリーな犬だった。

人間のことも、他の犬のことも、猫のことも好きみたいだった。たぶん、世の中の誰もが自分の友達だと思っていたのだろう。散歩中の他所《よそ》の犬とすれ違うと必ず挨拶《あいさつ》をしたし、犬を連れていない人相手でも、満面に笑みを浮かべてわふわふと挨拶をしに行った。他所の家の庭で寝そべっている猫を見かけると、塀の外からしばらく興味津々に眺めていた。猫の方は迷惑そうだったが。

といっても、世の中の誰もが犬好きなわけはないから、そこは注意が必要だった。何しろレオは、大きな犬なのだ。二本足で立ち上がれば、大人の胸や肩にも届いてしまう。大喜びのレオがわふわふと抱きついた結果、相手を容赦なく突き倒してしまう可能性だってあるのだ。

「レオが他の人に飛びついたりしないように、きちんとリードを持っているのよ。尚哉がしっかりしてないと駄目なんだからね、ちゃんと止めるのよ」

母親に何度も言われていたから、レオが誰かに抱きつきそうになる度、必死になって止めた。レオはもう随分と力も強くなっていたけれど、尚哉が叱れば素直に言うことを聞いた。本当に賢い犬だった。

けれど、そのうち、尚哉に友達ができた。

学校が終わった後に、一緒に遊ぶ友達がたくさんできたのだ。

家に帰ってきてランドセルを置いたら、すぐにまた遊びに出かけるという日が増えた。だって友達と遊ぶのは楽しかったし、誘いを断ったら、もう遊んでもらえなくなるかもしれない。外で遊ぶのなら犬を連れて行っても大丈夫だったけれど、誰かの家で遊ぶとなれば、そうもいかなかった。

そうやって遊んで帰ってきたら、レオは犬小屋の前でしょんぼりした顔で座っていた。散歩に連れて行ってやるのを忘れたことに気づいて、慌ててリードを取りに家の中に入ったら、母親に叱られた。

「レオの散歩は、尚哉がするってことになってたでしょう？　レオ、ずっと待ってたのよ。可哀想に」

「……今から行く」

「駄目。もう晩ごはんの時間よ」

「後で食べる！」

「暗くなってから出歩かないでちょうだい！」

「でも、レオを散歩に連れて行かないと！」

「自分が遅く帰ってきたのが悪いんでしょ！　明日《あした》の朝、早く起きて行きなさい！」

それ以来、レオの散歩は、学校に行く前と決まった。

早起きするのは辛《つら》かったけれど、レオは喜んだ。朝陽を受けて毛並みを金色に輝かせながら、ふさふさした尻尾《しっぽ》をちぎれんばかりに振っていた。それを見たらなんだか申し訳なくなって、やっぱり明日も早起きしようという気になった。

毎日は平穏だった。

それはまあ、親から叱られたり、友達と喧嘩《けんか》したり、学校のテストで失敗したり、運動会のリレーでコケたりと、子供なりに色々なことがありはしたけれど、それでも今振り返れば、実に平凡で幸せな時間だったと思う。

――けれど。

あの十歳の夏の夜を境に、何もかもが変わってしまった。

あの、鬼火のように連なる青い提灯《ちょうちん》の祭。

どん、どん、どどん、と響く太鼓の音。高く組まれた櫓《やぐら》の周りを二重三重に囲み、面で顔を隠して踊る人々。

生きている者は決して入ってはならない場所に、尚哉は入ってしまった。

そこから生きて現世に戻してもらうためには、代償が必要だった。

「一つだけ選べ」

耳元で、前の年に死んだはずの祖父がそう言った。

痩《や》せ細って棒切れのようになった指でリンゴ飴《あめ》を指差し、

「あれを選べば、お前は歩けなくなる」

そう言われると、目の前の赤いリンゴ飴が毒リンゴにしか見えなくなった。

棒切れのような指が、今度はアンズ飴を指差す。

「あれを選べば、お前は言葉を失う」

意味がわからない。喉《のど》を焼かれるのか。舌を失うのか。どちらにせよ恐ろしくて仕方ない。

最後に、棒切れのような指は、べっこう飴を指差した。

「あれを選べば、お前は」

一体どうなるのだ。どんな恐ろしいことになるのだ。

身を強張《こわば》らせる自分の耳元で、死んだ祖父はこう言った。

「お前は、孤独になる」

――それを聞いた自分は、「なんだ、そんなことか」と思った。

そのときの自分には、『孤独』という言葉の意味がよくわかっていなかったのだ。

一応、言葉自体は、本で読んで知ってはいた。なんだかとても寂しい響きの言葉だと思いはしたが、意味としては『一人であること』くらいのものだと思っていた。

だから迷わず、べっこう飴を選んだ。

歩けなくなるのも、喋《しゃべ》れなくなるのも怖かったからだ。

ここで食べろと言われて、素直に口に入れた。

ねっとりとからみつくような甘さを舌の上に感じ、それが徐々に口の中いっぱいに広がっていったところまでは覚えている。

でも、次に気づいたらもう朝で、尚哉はいつの間にか布団の上に戻っていた。

青い提灯のお祭りに行った話を家族や祖母にしても、「そんなお祭りは知らない、そんなものやってるわけがない」と言われた。夢を見たのだろうと笑われた。

最初に異変を感じたのは、確かその日の夕方だ。

従兄達が喧嘩を始めたのだ。

喧嘩のきっかけは、些細《ささい》なことだったように思う。当時、和也《かずや》が中学一年、正彦《まさひこ》は中学三年だ。もうつかみ合いの喧嘩をするような年ではなかった。しばらく言い合いが続き、そのうちに面倒くさくなった正彦が「ああはいはい、俺が悪かったって。謝ればいいんだろ、ごめんごめん」と喧嘩を投げ出そうとした。それがいけなかった。馬鹿にされたと思った和也はますます怒り出し、自分に背中を向けた正彦に向かって日頃の不平不満をぶちまけ始めた。

その声のところどころが、奇妙に歪《ゆが》み始めたのだ。

テレビでよくある『プライバシー保護のために音声は変えてあります』のやつみたいだった。それの、すごく低い声のと高い声のをぐちゃぐちゃに混ぜ合わせたような感じ。キンキンした高音からくぐもった重低音までをうわんうわんと不規則に行きつ戻りつするその声は、あまりにも人間離れしていて気持ちが悪くて、聞いているだけで冷や汗が出た。

　でも、そのときは、てっきり和也の悪ふざけなのだと思った。

　ふざけてそんな声を出しているのだと。

「ねえ、カズ兄。さっきの声、どうやってやったの？」

後でそう尋ねたら、和也は何を言ってるのかわからないという顔をした。

　変だと思いはしたが、祖母が「すいかを切ったよ」と声をかけにきたものだから、尚哉も和也もその話題についてはあっさり忘れた。

　縁側に皆で並んで座ってすいかを食べて、種の飛ばし合いっこをした。こういうのは和也が一番上手《うま》くて、正彦が一番下手だ。年上の正彦が本気で悔しがるのを和也と二人で笑いながら、尚哉も口の中の種を飛ばした。その後は三人でレオの散歩に行った。

　正彦も和也もさっきの喧嘩なんてすっかり忘れたようにふざけ合い、レオは緑の野原をわふわふと元気に駆け回った。降るような蟬の声と、木々の葉を透かす眩《まぶ》しい太陽と、道端のヒマワリの群生。梨畑の中からこっちに向かって笑顔で手を振る中村《なかむら》のじいちゃん。明日の天気を占うために放り投げたサンダルは見事上を向いて晴れ予報を告げ、夏休みはまだまだ続き、あと少しだけ残っている夏休みの宿題以外には不安なことなど何一つなくて。

　まだ自分の毎日は平凡で幸せなままだと信じていた頃の話だ。

……本当は、もうこのときには尚哉の身の奥深くにまで呪いは根差していたのに。

長野から帰ってからも、耳の不調は続いた。

テレビのバラエティ番組を見ているときに、友達と遊んでいるときに、両親と話しているときに。ぐにゃりと声が歪んで聞こえることがよくあった。

母親にそう伝えたら、車で病院に連れて行かれた。

よくわからない検査をたくさんして、医者が言った言葉は「特に異常はないですね」だった。異常がないから薬も出せないと言われて、母親は帰りの車の中でぷりぷりと怒った。異常がなくても症状はあるのに何もしてくれないのかと。

だけど、大丈夫なときは本当に大丈夫なのだ。歪んだ声を聞いていると気持ちが悪くなるけれど、全部の声が歪んで聞こえるわけでもない。

どういうときに歪んで聞こえるのかは、このときはまだわかっていなかった。

だが、それから程なくして――尚哉は、小学校の教室で倒れた。

休み時間だった。雨の日で、校庭に遊びに行けなかった子供達はほとんどが教室の中にいて、だらだらと会話していた。尚哉も、友達と窓際の席で話していた。

一人の子が、先週ディズニーランドに行ったという話をし始めた。いかに楽しかったか、何を食べたかについて、大層自慢げに語り続けた。

すると別の子が、実は自分も先週行ったのだという話を始めた。父親が連れて行ってくれたのだと。

　その声が、歪んで聞こえた。

「すっげえ楽しかった！　パレードでさ、ミッキーがちょうどこっちに向かって手を振ってくれてさ！　スペースマウンテンも二回乗った！」

「え、マジ？　スペースマウンテン、すごく混んでて乗れなかったんだけど」

「あ、えっと、たまたま空《す》いてたんだと思う、そのときだけ。タイミングの問題だよ、運が良かったんだ」

「いいなー。でも、じゃあ俺達、ランドの中で会えたかもなんだな。ああでも、あれだけ人多かったら無理かー。なあ、昼ごはん、何食べた？」

「えっと、何だったっけ……あ、そう、ホットドッグ！」

「ホットドッグ？　え、そんなの売ってたっけ？」

　歪んで聞こえる声にぞわぞわとした寒気を感じながら、尚哉はなんとなく察していた。

　この子が本当は先週ディズニーランドになんて行っていないこと。それどころか、下手をしたら一度だって行ったことがないのではないかということ。

　なのに見栄《みえ》を張って――嘘を言っているのだということ。

　そう気づいた途端のことだった。

　教室のあちこちで話しているクラスメート達の声が、一斉に耳に飛び込んできた。

「あー昨夜のあの番組ね！　見た見た！　すごく面白かった！」「そのスカート可愛

い」「ごめん、今日はお母さんと買い物に行く約束してるの」「あー悪い、借りてる漫画、明日《あした》返すわ」「そのヘアピンも可愛いね、あたしも欲しい」「嘘じゃねえって、本当に」「俺マジこいつと友達でよかったわー」「嘘なんてついてないって」「本当に」「本当だよ」「本当だってば」「信じて」「嘘じゃないよ」——……何だこれ、と思った。

茫然《ぼうぜん》として周りを見回すと、クラスメート達の笑顔が見えた。

誰もがそれぞれの友達と、楽しそうに、おかしそうに、笑い合っていた。

なのに、どいつもこいつも、壊れた機械みたいな歪み狂った声で話している。

何だこれ、ともう一度思った。

これは自分にしか聞こえていないのだろうか。きっとそうなのだろう。だから皆、あやって笑ったままなのだ。でも、皆が話しているのは、嘘なんじゃないのか。だから歪んで聞こえるんじゃないのか。何が本当だよ。何が信じてだ。気持ちが悪い。歪んだ声に脳味噌《のうみそ》をぐちゃぐちゃにかき回されているような気分になる。

どの声もなんて汚いんだろう。

それなのに、皆いつも通りに笑っているのが信じられない。

……ああそうか、と、ふいに理解が訪れる。

皆こうやって、普段から平然と嘘をついて生きているんだ。

吐き気がする。背筋を冷たい汗が伝うのがわかる。どうしよう。息ができない。視界が歪んで暗くなる。

「……え、尚哉!?　おい、どうした！」

ぎょっとしたような友達の声を最後に、尚哉の意識は途切れた。

次に目を開けたときには、保健室にいた。すぐに母親が迎えに来て、その日は家に帰った。何があったのかと訊《き》かれて正直に答えたら、翌日に病院に連れて行かれた。この前行ったのとは違う病院だった。

それから母親と尚哉の病院巡りはしばらく続いた。最終的に大きな総合病院に連れて行かれ、耳どころか脳の検査まで受けた。

結果は――異常なしだった。

最後の病院を後にして、車に乗り込み、母親は泣きそうな顔でため息を吐いた。そして無言で車を出し、尚哉を連れて家に帰った。

結局何の進展もないまま終わった病院巡りは、母親をひどく疲弊させた。

この頃からだったと思う、母親と父親の喧嘩《けんか》が増えたのは。

「ねえ、あなたは尚哉のことが心配じゃないの？　私にだけまかせっきりにして！」

「検査しても何もおかしなところはなかったんだろ？　それなら、いずれ治るって」

「でもあの子、昨日も学校で倒れたのよ!?……ねえ、頼むから、ちょっとは早く帰ってきてよ。それで、あの子と話をしてあげて。精神的な原因かもしれないのよ」

「なあおい、俺が好きで残業してるとでも思ってんのか？　早く帰れるものなら帰ってるに決まってるだろ！」

「ちょっとやめてよ、今そういう話をしてるんじゃないでしょ！」

歪んだ声じゃなくても、両親のそういう声を聞くのは辛《つら》かった。原因が自分だと思えばなおさらだ。胸の中で心臓が凍えついて、全身が見えない何かに圧《お》し潰《つぶ》されてしまいそうで。

そういうとき、尚哉は庭に出た。

レオは、尚哉が出てくるのを見ると、いつもすぐに犬小屋から出てきた。

尚哉を見上げて少し口を開け、優しい笑みを浮かべてぱたぱたと尻尾《しっぽ》を振る。

尚哉はレオの前に膝《ひざ》をつき、手をのばした。

金色の毛並みに顔を埋《うず》めるようにして、ぎゅっと抱きしめる。

そうしていると、レオの体温が全身に伝わってきて、ほっとした。レオの心臓の音を聞いていると、凍えた自分の心臓がどうにか温かさを取り戻す気がした。

レオは尚哉のにおいをひとしきり嗅《か》いで、それからくうんと鼻を鳴らした。

「……心配してる？」

そう尋ねると、レオはまた鼻を鳴らした。心配してる、そう言われた気がした。

「大丈夫だよ、そんな心配しなくても」

尚哉がそう言うと、嘘を言うなと言わんばかりに、レオは長い舌でべろべろと尚哉の顔中を舐《な》め回した。温かくて、くすぐったくて、尚哉は笑った。

「……ごめん。嘘ついた」

もう一度、金色の毛並みに顔を埋める。ライオンはくうん、とレオがまた鼻を鳴らし、尚哉はますますその体を抱きしめる。ライオンほどではないけれど、でも大きな体。温かくて湿った息遣い。心臓の鼓動。

「やっぱ大丈夫じゃないから……もうちょっと、このままでいさせて」

レオは、いい奴だった。

尚哉が泣き止むまで、暴れずにずっとそのままでいてくれた。


レオの散歩は、学校に行く前。

もうずっと前から決まっていたそのルールは、この頃から変更になった。

尚哉が学校の後に遊びに行くことがなくなったからだ。

学校にいるのは辛かった。だって、たくさん人がいる。

そして、人というのは息をするように簡単に嘘をつく生き物なのだ。

誰かが嘘をつく度、尚哉の耳はそれを音の歪《ゆが》みとして聞き分ける。その度、「今、嘘ついたよね」と言わずにはいられなかった。相手がとぼけても無駄なことだ。それだけ気持ちの悪い声で喋《しゃべ》っていて、よくそんな風にしらばっくれられるものだと思った。

だから、嘘を言った相手に向かって、こう言った。

「ねえ、何でそんな嘘つくの？」

そのひと言がどれだけ相手を追い詰めるかなんて思いもせずに。

……この頃の自分は、まだ知らなかったのだ。

人というのは、自分が嘘をついたことを他人から指摘されるのが疎ましく思えてならない生き物だということを。

クラスメート達が尚哉を見る目は、次第に変化していった。

最初は、あいつ何おかしなこと言ってんだ、という奇異の視線。

次に、あいつうぜえな、という苛立《いらだ》ちの視線。

そして——誰のどんな嘘であろうと尚哉にはばれてしまうのだと気づいた者達は、あいつ気味悪いな、という視線で尚哉を見るようになった。

友達も、少しずつ減っていった。

仕方のないことだと思った。それに尚哉だって、友達だと思っていた奴の歪んだ声など聞きたくはない。

それでも別に大丈夫だった。

だって、家に帰れば、レオがいてくれたから。

レオと一緒に、ひたすら散歩した。

横浜といっても、尚哉が住んでいる辺りは山もあれば畑も田んぼもあるような場所だ。近所の山の中を散策し、畑の近くで野生のリスを追いかけ、稲刈りの終わった田んぼを眺めた。公園でフリスビー投げをして遊び、レオの「取ってこい」の腕前にますます磨きをかけた。

やがて尚哉は小学校を卒業した。

中学に入っても、状況は何も変わらなかった。同じ小学校出身の連中がたくさんいたから、尚哉の噂はすぐに学年中に広まった。

その頃には尚哉もいちいち相手の嘘を指摘したりはしなくなっていたが、誰かが嘘をつく度に耳を押さえて顔をしかめるのだから、同じことだった。あいつは変だ薄気味悪いぞ、という目で皆に見られた。

だからやっぱり放課後は、誰とも遊ばず、部活にも入らずに、家に直行してレオと散歩に行った。

レオはいつでもご機嫌で、人に会えばわふわふと挨拶《あいさつ》をしに行き、可愛いねえと褒められては尻尾をぱたぱた振った。レオの笑顔を見ていれば、学校の連中が薄気味悪そうにこちらを見る顔など忘れられた。

犬はいい。何がいいって、嘘をつかない。

友達なんて一人もいなくたってかまいやしない。

レオがいれば十分だった。

レオの具合が悪くなったのは、中学二年の冬だった。

食欲がなくなった。散歩の途中で座り込んだり、そのまま寝そべって動かなくなってしまったりすることが増えた。毛艶《けづや》も悪くなってきているような気がした。

レオの様子が変だから病院に連れて行きたい、と母親に伝えたら、母親は難しい顔をして、レオの体のあちこちを触り始めた。いつものようになでてもらっているのだと思ったのか、レオはうっとりとした顔でごろりと転がり、母親に腹を見せた。

やがて母親は何かを見つけたかのように、ぴたりと手を止めた。

「……母さん？」

「何でもないわ」

母親の声が歪んで、尚哉は反射的に耳を押さえて顔をしかめた。

母親がはっとしたように口をつぐむ。

この頃にはもうとっくに、両親は尚哉の耳が嘘を聞き分けることに気づいていた。尚哉の前で喋るのをためらうほどに。……父親の浮気を尚哉がうっかり暴き立ててしまったのは、去年のことだ。

「母さん。……ねえ、レオ、どこか悪いの？」

尚哉が尋ねても、母親はなかなか口を開かなかった。

ひどく強張《こわば》った顔でレオを見下ろし、母親は少しぱさぱさになったレオの毛をしばらくなで続けた。

「──あのね、尚哉。母さんも子供の頃、犬を飼ってたんだけど」

ようやく母親が口を開いた。

その話なら知っていた。シベリアンハスキーを飼っていた話。でも今はレオの話をしているはずだ。何でそんな昔の話を今する必要があるのか。

そのときだった。

寝そべっていたレオが、ぱさり、と尻尾で地面を叩《たた》いた。

重ねた前足の上に顎《あご》を載せ、上目遣いに母親を見上げながら、くうんと小さく鳴く。

「レオ？　どうした？」

どこか苦しいのかと思って、尚哉はレオの背中に手を当てた。

レオは、尚哉の方を見もせずに、ひたすらにじっと母親を見据えていた。

「……っ」

突然、母親が立ち上がった。怖気《おじけ》づいたかのような顔をしていた。

尚哉はレオの背中に触れたまま、母親を見上げた。

「母さん？」

「──レオは、明日《あした》、母さんが病院に連れて行くから」

早口にそう言って、母親は踵《きびす》を返した。

尚哉は驚いてその後を追いかけ、

「何で？　俺も行く」

「早い方がいいでしょ？　朝一番で病院に連れて行くわ」

「俺も行くってば」

「尚哉は学校があるでしょ。どうせ病院には車じゃないと行けないんだし、とにかく母さんが連れて行くから」

これで話は終わりだとばかりに、母親は一人で家の中に入っていった。

尚哉はレオを振り返った。

レオは犬小屋の前に座って、尻尾《しっぽ》をぱたぱた振りながらこっちを見ていた。自分は大丈夫だから気にするなと言わんばかりの笑顔だった。

「レオ。お前、具合悪いのか？」

そう尋ねても、レオは何も言わなかった。

ただ尻尾を振り、尚哉の手をぺろりと舐《な》めた。

「ほら。寒いから、小屋に入ってな。あったかくしてないと」

そう言ってレオを犬小屋に入れ、毛布をかけてやる。

半分以上残っている餌の皿を小屋の入口近くに引き寄せ、夜中に食欲が出たら食べるんだぞと言い聞かせた。レオは犬小屋の中で寝そべり、目を閉じた。

翌日、中学校が終わると同時に家に駆け戻った尚哉は、真っ先に犬小屋を覗《のぞ》いた。

犬小屋の中で寝そべっていたレオは、尚哉を見て、小さな声でくうんと鳴いた。でも、小屋から出てこようとはしなかった。疲れてるみたいだった。

尚哉は家の中に入り、母親に尋ねた。

「ねえ。病院、行ったの？」

母親は台所にいて、夕食の支度をしていた。こちらに背を向け、包丁でとんとんと野

菜を刻みながら、

「……ちゃんと連れて行ったわよ」

「それで、どうだったの？」

母親は口をつぐんだ。

嫌な予感がした。

振り返らないその背中に向かって、尚哉は重ねて尋ねた。

「お医者さんは、レオのこと、何て言ってたの？」

「……何でもないって」

ぐにゃりと母親の声が歪《ゆが》み、尚哉は思わず大股《おおまた》に母親に歩み寄った。

ぐいと乱暴にその腕をつかんで、こっちを振り向かせる。

母親は怒った声で、

「尚哉！　何するの、包丁持ってるんだから危ないでしょ——」

「——何で今、嘘ついたの」

母親の目をじっと見据えて尚哉がそう言うと、母親は怯《ひる》んだようにまた口を閉じた。

「お医者さんは、何て言ったの？」

「……」

「ねえ！　答えてよ、嘘つかないで！」

「……——ああもう！　どうしてあんたって子は、そうなのよ……！」

突然、母親が乱暴に包丁をまな板の上に置いた。

尚哉はびくりとして母親を見る。

母親は、今にも泣き出しそうな顔をしていた。いや、違う。目尻《めじり》に少し泣いた跡がある。尚哉が帰ってくるより前に、たぶん一度泣いたのだ。

「レオがあんたにとってどれだけ大事か、よくわかってるから……だから、なるべくショックを受けないようにって思ったのに。それなのに」

「……母さん」

「なのにどうして、何でそんな嘘もつかせてくれないのよ、あんたって子は……っ」

そう尚哉を罵《ののし》った母の両目に、涙が浮かぶ。

ぼろぼろとこぼれ落ちた涙を乱暴に手の甲で拭《ぬぐ》って、母親はまた尚哉に背中を向けた。

再び包丁をつかみ、猛然と野菜を刻み始める。

尚哉は茫然《ぼうぜん》とその背中を見つめた。

とんとんとんとん、と包丁がまな板に当たる音と、ぐすりと母親が洟《はな》をすする音だけが、台所に響く。

それを聞きながら、ああそうか、と胸に穴があいたような気持ちで尚哉は思った。

そうか、レオはそんなに悪いのかと。

そして、この人は、無駄だとわかっていてなお、尚哉のために嘘をつこうとしたんだなと。

その嘘に騙《だま》されてやれる子供だったなら、自分達はもう少し幸せだったのだろうか。

やがて母親は、尚哉に背中を向けたまま、レオの病気を教えてくれた。

癌なのだそうだ。医者は、もう転移しているから手術は勧めないと言ったらしい。母親が昔飼っていた犬も同じだったそうだ。

レオはもうすぐ、いなくなってしまうのだ。


わかっていたはずだった。

もうずっと前に、犬の寿命がどのくらいか調べていた。ゴールデンレトリーバーの寿命は十歳から十四歳くらい。人間よりはるかに短い。いずれどこかで別れのときがくるのだとは思っていた。

でも、それは、もっとずっと先のことだと思っていたのだ。

レオは、日に日に弱っていった。何でもっと早く気づかなかったんだろうとか、せめて転移する前に病院に連れて行ってたら何か違っていたのだろうかとか、後悔は尽きなかった。けれどレオは、尚哉を責めることすらなく、いつものように上機嫌な顔で笑って、わんと鳴いた。散歩に行こうと尚哉を誘った。

無理のない範囲で、でも毎日、尚哉はレオを散歩に連れて行った。

「……こら。お前、この前、嘘ついただろ」

いつもの公園で、もうフリスビー投げはせずにただ並んで草の上に座って、尚哉はレオに言った。

「大丈夫だって、心配するなって、嘘ついたろ」

わん、とレオは鳴いてみせた。

否定の言葉のようにも聞こえたし、謝っているようにも聞こえた。

「わん、じゃない。この嘘つき」

艶《つや》のなくなった金色の毛並みに顔を埋《うず》めて、尚哉はそう呟《つぶや》いた。

わん、とまたレオが鳴く。温かい舌がべろべろと尚哉の顔を舐め回す。

レオのしたいようにさせながら、尚哉は、犬の言葉は人間にはわからないんだよな、としみじみ思った。

いつも勝手に言葉が通じているように思っていたけれど、本当は全然通じてなんていないのだろう。レオの声が少しも歪まないのは、動物が嘘をつかないからではなく、単に尚哉が犬の言葉を理解していないからというだけの理由なのかもしれない。

「なあ、レオ。お前、俺のこと好き？」

レオの顔を両手でつかんで、尚哉はそう尋ねた。

「お前は、俺の友達？　それとも兄弟？」

レオは焦げ茶色の優しい瞳《ひとみ》で尚哉を見つめた。

そして、わんっと大きく鳴いた。

「……うん。お前は俺の兄弟で、一番の友達だよ」

レオの額に自分の額をこすりつけて、尚哉は言った。

ずっとずっと一緒にいたかった。

最後の晩、尚哉はレオと一緒に眠った。

その何日か前から、レオは寝たきりになっていた。もう外ではなく、リビングに入れていた。

床の上に毛布を広げて、レオと一緒にくるまった。

きっとこの夜が最後なのだと、なぜか理解していた。

レオの呼吸は浅くて、苦しそうで、尚哉はその背中をなでながら、神様に祈った。

別に何か宗教を信じているわけでもないくせに、何の神様に向かって祈っているのかもわからぬままに、ただひたすらに祈り続けた。

神様。どうかレオを助けてください。

レオが助かるなら、この先の自分の命がどれだけ減ったってかまいません。

レオを連れて行かないでください。

どうか神様。

どうか。どうか。

——だけど尚哉は、もうずっと前から知っていた。

この世の中に神様なんていないことを。

だって、前にも祈ったことがある。

何度も何度も祈ったのだ。

どうかこの耳が、元に戻りますように。

普通の人と同じに戻れますように。

どうか神様。

どうか。どうか。

でも、どれだけ祈っても、尚哉の耳が元に戻ることはなくて。


明け方、いつの間にか眠ってしまっていた尚哉が目を覚ましたときには、レオの呼吸はもう止まっていた。体はまだ温かかった。

ライオンみたいに大きかったはずのレオの体は、随分と痩《や》せて小さくなっていた。

その体をぎゅっと抱きしめて、尚哉は泣いた。

ほら、やっぱり神様なんてこの世のどこにもいないのだ。


新しい犬を飼ってはどうか、と母親から提案されたのは、レオがいなくなってすぐのことだった。

いらない、と尚哉は首を振った。

そう、と母親はうなずいた。

それでその会話は終わりになった。

レオの代わりになれる犬なんて、いるわけがなかった。

この先、レオのいない世界を、尚哉は一人きりで生きていかなければならないのだ。

それからしばらくして、尚哉は高校に上がった。

自宅から電車で一駅離れた場所にあるその高校には、同じ中学出身の人間はほんの数人しかいなかった。見知らぬクラスメート達、新たな人間関係の構築ができる場所。

高校に上がる直前、尚哉は、少し目が悪くなったからというのを理由に、眼鏡を作った。別に眼鏡がなかったら黒板の字が全く読めないということではなかったけれど、あった方がいいなと思ったのだ。

なるべく地味なデザインのものを選んだ。

ほんの少しだけ度の入った眼鏡は、尚哉の視界をほんの少しだけ鮮明にした。でも、その分だけ、目の前の景色は現実味をなくして感じられた。薄いガラス越しに見える世界は、自分とは無関係の、まるで映画のスクリーンに映るもののように思えた。

ルールを作ろう。そう思った。

自分の周りに見えない線を引くのだ。

そうして、その線から向こうには決して足を踏み出さないことにする。

あからさまな孤立がどれだけ学校生活で不都合を生むかは、小中学校でよく理解した。だから、誰とでもそれなりに話して、無難な関係を築く必要がある。

でも、その誰とも仲良くなってはならない。

自分の周りに引いた線の内側には誰も入れてはいけないし、自分もその線を踏み越えて相手の手を取ってはいけない。

なぜって、相手が自分に対して嘘をついたとき、自分は必ずそれに気づいてしまうのだから。

嘘を聞き分けられる力があることを、周りに気づかれてもいけない。授業中以外は、なるべく音楽でも聴いていよう。そうしたら、周りから話しかけられる頻度も減るはずだし、ちょうどいい。

いつもイヤホンつけて何か音楽を聴いている、地味な眼鏡の奴。

周りからそんな風に認識されるくらいが、たぶんいい。

なるべく傷つくことがないように。そして、誰かを傷つけることもないように。

もう泣いて帰っても、慰めてくれる親友はいないのだから。

＊　　＊　　＊

「――そういえばさ、深町くんのこのカップなんだけど」

ことん、と目の前にコーヒーのマグカップを置かれて、尚哉は顔を上げた。

片手にトレーを持った瑠衣子が、にこにこと笑っている。自分が過去の記憶の中に潜り込んでいたことに気づき、尚哉は慌てて目の前の現実に意識の焦点を合わせる。自分は今大学二年で、ここは高槻の研究室だ。

「あ、えっと、何ですか？　俺のマグカップがどうかしました？」

尚哉が尋ねると、瑠衣子はマグカップの絵柄を指差し、

「これ。前から思ってたんだけど、ちょっとアキラ先生に似てない？」

「へっ？」

「あー、わかる気がするー！　アキラ先生って、なんか犬っぽいよねー！　しかも絶対ゴールデン！　わふわふしてて可愛いの！」

唯までそんなことを言い出す。ちょっと待てと尚哉は思う。自分の指導にあたってくれている准教授様に対して、ここの院生達はまさかの犬呼ばわりをするのか。

だがしかし、それは常々尚哉自身思っていることでもあり――レオに似ているからという理由で買ったはずのこのマグカップの絵柄が高槻の顔に見えたことも、実際何度かあった。

そのときだった。

がちゃり、と研究室の扉が開いて、高槻が入ってきた。

「ただいまー。駅前のミスド、期間限定の新作ドーナツが出てたから買ってきたよ！　とりあえず全種類さらってきたから、好きなの選んで……あれ、深町くんも来てたんだ？　珍しいね、この時間帯に。でも、ちょうどよかった！　甘くないパイも買ってる

から、深町くんもどう？　エビグラタンパイは好きかな？」

片手に提げていたドーナツの箱を持ち上げ、高槻が満面に笑みを浮かべる。人懐こい表情。柔らかそうな茶色の髪。

瑠衣子と唯が顔を見合わせ、吹き出すように笑った。

高槻がきょとんとして二人を見る。

「え、何何？　どうしたの、皆で何の話してたの？」

「アキラ先生は犬に似てるって話です」

「そうそう、ゴールデンレトリーバー！　わんこくんのわんこです！」

「ちょ、ちょっと、瑠衣子先輩も唯先輩も、何言って……！」

尚哉が慌てて止めようとする。

高槻はまだ話の流れが読めていない様子で、きょとんとしたまま首をかしげ、

「わんっ！……って鳴けばいいのかな？」

なかなかに達者な犬の鳴き真似に、瑠衣子と唯がさらに笑い崩れた。よくわからないなりに、高槻も笑い出す。そのまま高槻が箱からドーナツを取り出し始め、瑠衣子と唯が歓声を上げた。ドーナツパーティーが始まる。瑠衣子が高槻の分のココアを作りに行き、唯が甘いもののお供はしょっぱいものだとばかりにポテトチップスの袋を開ける。

「はい、これは深町くんの分だよ」

高槻が、紙ナプキンに載せた惣菜《そうざい》パイを尚哉に差し出した。

「……俺がもらっていいんですか？」

「勿論だよ！　ていうか、ちゃんと甘くないやつも買ってきてた僕、偉くない？　深町くんが来てるって知らなかったのに！」

「そうですね、偉いですね」

「……そんな棒読みで褒められてもねえ」

高槻がちょっとだけしょげた顔をする。取ってこいが完璧《かんぺき》にできたのに褒め方が足りなかったときのレオによく似ている。

尚哉は何とも言えない気分でパイを受け取り、自分のマグカップを引き寄せた。苦いブラックコーヒーを一口飲み、それからなんとなくマグカップの絵柄を見つめる。

レオのいないこの世界で、今現在、どうやら自分は思いのほか上手《うま》く生きていけている気がする。

第三章　俺の友達の地味メガネくん

難波要一《なんばよういち》は、青和大学二年文学部史学科の学生だ。

テニスサークル所属で、バイトは居酒屋と親戚《しんせき》の女の子の家庭教師。つい最近、車の免許を取ったのだが、車自体は持っていないので、まだあんまり運転する機会はない。

彼女は、同じテニスサークルに所属する法学部二年の谷村愛美《たにむらなるみ》。世界一可愛い彼女だと思っている。

友達は昔から多い。というか、多い方がいいと思っている。余程気に喰《く》わない奴以外とは、ひとまず仲良くなってみようとする質《たち》だ。

自分と同じような奴とだけ話していたら、世界は小さく縮まってしまう気がする。そんなのはもったいない。だから高校時代の友達は、漫研から野球部まで幅広くいた。漫研の友達はこの春に某新人賞の佳作に入選し、漫画家の卵になったと教えてくれた。野球部だった友達は大学に入って野球はやめてしまったらしいが、この前一緒に神宮《じんぐう》球場にプロ野球観戦に行った。二人とも、難波が知らないような話をたくさんしてくれる。それに対してすげえなあとうなずくのは、とても楽しい。

――あいつに声をかけたのは、だから、自分のこの性格ゆえなのだと思う。

深町尚哉。

同じ文学部で、一年のときは語学クラスも同じだった。

最初は名前もよく覚えていなかった、でも今では結構仲良しだと思っている、地味で眼鏡な奴である。


「あ、ねーねー、難波くーん！　今日の夜って空いてる？」

そんな声をかけられたのは、夏休みが明けてすぐのキャンパス内だった。

振り返ると、茶髪ロングヘアの女子がぶんぶんと手を振っていた。その横には、黒髪ショートボブで眼鏡の小柄な女子がいる。去年語学クラスで一緒だった中川《なかがわ》はるかと梶山《かじやま》亜沙子《あさこ》だ。

難波はへらりと笑って二人に歩み寄り、

「えー何、まさか合コンのお誘いー？　いやー俺、彼女とラブラブだから、誠実な彼氏としてそーゆーのはちょっと」

「嘘ばっかり。この前合コン誘ったら来たって緑川《みどりかわ》くんから聞いたんですけど」

「馬っ鹿、あれは恭二《きょうじ》がどーしても人数合わせで来てくれっていうから仕方なく行ったんだよ！　しかもその後彼女にばれて修羅場ったから、もう懲りた」

「あー大丈夫大丈夫、今日のはそういうのじゃないから。緑川くんと日下部《くさかべ》くんも誘ってるし」

緑川恭二と日下部春人《はると》もまた、去年の語学クラス仲間だ。

大学に入ってまず驚いたのは、一年二組とか二年三組といったような『自分のクラス』と呼べるものが存在しないことだった。講義は選択制で、学生達は講義の度に荷物の一切合切を持って教室を移動する。そうか自分の座席というものはないのかと、いきなり根なし草になったような気分を味わったものだ。

だが、そんな中で、語学クラスだけは、比較的高校までのものと近い雰囲気だった。難波が選択したのは英語と独語のクラスだったのだが、四十人ほどの教室で、黒板に向かって、普通に授業を受ける。教師に当てられてテキストを読み上げさせられたりすることもあるし、宿題だって出る。必修だからサボる奴もそんなにいない。

そんな感じで毎週顔を合わせていると、なんとなく『クラスメート』的な感覚が発生するものだ。学級委員長的なまとめ役が決まり、グループLINEが組まれ、飲み会が何度も行われ、二年になって学科がばらけた今でも結構仲良くやっている。

「あのさ、難波くんってさ、確かメガネくんと仲いいよね？」

はるかが言った。

誰のことだと思って難波は首をかしげ、

「え、誰？　メガネくん？」

「――深町くん」

亜沙子が真面目な顔でぼそりと言う。

「あー、深町ね！　うん、仲いい仲いい。めっちゃ仲良し。それで深町がどうした？」

難波が胸を張ってそう言うと、はるかと亜沙子は顔を見合わせた。

はるかがわざとらしく額に手を当てて首を振り、

「難波くんの『仲いい』は、正直、軽すぎて信用できないんだよなー……」

「何で!?　俺本当仲良しよ深町と！　学科同じだし、一緒に食堂でメシ食ってるし！　今日も一緒に並んで講義受けたしー！」

「あーはいはい、わかったわかった。ていうか難波くん以外に、深町くんと普段話してる人が思いつかなかったのも事実でさー。ちょっと今晩、話聞かせてよ」

「えっ、何、深町がどうかしたわけ？　なんならあいつ呼ぶ？」

「あー、いやそれは……」

はるかがちらと亜沙子に目を向けた。

亜沙子はとんでもないと言わんばかりに、ぶんぶんと首を横に振る。

だよねという顔ではるかは肩をすくめ、

「とりあえず難波くんだけ来てくれればいいや。じゃ、店と時間はあとで連絡するね」

そう言って、亜沙子を伴い去っていく。

「おー、わかったー」と言って、二人を見送った数秒後。

えっと難波は目を見開いた。

妙に強張《こわば》った面持ちの亜沙子と、いかにも世話焼きな雰囲気のはるかの様子を思い返す。この流れは間違いないと思った。

恋バナだ。

大学近くの居酒屋に夕方六時に集まって、飲み会が始まった。

とりあえずビールと、酒が飲めない亜沙子のためにウーロン茶を頼み、乾杯する。食事メニューは唐揚げやら焼き鳥やらコロッケやらの定番。味より安いことの方が重要だ。

だが今夜のメインはなんと言っても、深町尚哉についての話である。

「つーかさ、誰？　深町って」

ジョッキをどんとテーブルに置き、恭二が言った。

その横で春人も首をかしげ、

「俺も覚えてない。どんな奴だっけ、深町って」

「お前ら冷てえな！　語学クラス同じだったじゃん、去年！」

その横から難波が言うと、恭二と春人はそろって眉《まゆ》をひそめ、

「……いたっけ？」

「……覚えてねーわ俺」

「マジ冷てえなお前ら！……まあ、あいつ、飲み会とかほとんど来なかったけどさ。あ、でも、高槻先生が去年企画したバーベキュー大会は来てたじゃん？　つーかお前ら同じ

バーベキュー台だったじゃねーかよ、ほら思い出せ！　俺らのために甲斐甲斐《かいがい》しく肉焼いてくれてた奴だよ！　眼鏡かけてて大人しい感じの！」

「あ？　あー……言われてみればいたわ。つか眼鏡しか覚えてねえわ」

「うん、眼鏡だったな。他は覚えてねえけど」

恭二と春人が言う。どこまでいっても深町の印象は眼鏡しかないらしい。気持ちはわかるが。

難波は二人を諦《あきら》め、大皿に載った唐揚げを自分の皿に取り分けながら、向かいに座るはるかと亜沙子に目を向けた。

「で？　深町がどうしたわけ、俺に何訊《き》きたいの？」

「あー、うん……亜沙子がさー。この前告ったの」

はるかが言う。

難波の箸《はし》から唐揚げがすっ飛んだ。

「ちょっ、難波、唐揚げこっち飛んできたぞ！」

「やる、お前が食え！　なあマジでマジで⁉　マジで告ったのあいつに！　っんだよあいつ水臭《みずくせ》えな俺にひと言も言わずにさー‼」

春人の皿を飛び越え恭二の皿にインした唐揚げは捨て置き、難波はテーブルに身を乗り出す。亜沙子は難波から逃げるようにはるかの方に身を寄せ、

「は、はるかちゃん、何もいきなりその話から入らなくても……」

「いいでしょ別に、こいつら馬鹿だから結論から入らないと駄目なんだよ！」

はるかが言う。

途端に恭二と春人が抗議の声を上げ、

「こら待て馬鹿って何だ馬鹿って！」

「そーだそーだ、人を呼びつけといて馬鹿呼ばわりはねーだろー！」

「あーもーうっさいなー、語学クラスの連中に『深町くんのこと知らない？』って順番に声かけてっただけだってば！　あんた達、彼のこと覚えてもいないじゃん！」

「――だーもーっ、んなことどうだっていいから、話の続き！」

一気に紛糾した場を怒声一発で鎮めて、難波はあらためて亜沙子に向き直った。

「亜沙子ちゃん、深町に告白したんだ？」

「……うん」

眼鏡の下の目を伏せ、亜沙子がうなずく。小さな丸い耳がぽっと赤くなったのがわかって、うわ可愛いなと難波は思う。

「それで？　深町は何て？」

「……ごめんなさいって」

「マジか」

「うん」

亜沙子がうつむく。

はるかがその頭を自分の方に引き寄せ、おーよしよしとなでた。

「あたし、その話聞いて、ちょっと頭きてさあ。試しに付き合ってみてからの『やっぱごめん』ならまだしも、告白した瞬間に振るって何それ？　しかも、何で駄目なのかろくに教えてくれなかったらしいんだよ？　そんなの亜沙子の気持ちのやりようもないじゃない!?　てゆーか相手亜沙子だよ、その辺のチャラついた子じゃないよ!?　遊びで言ってんじゃないことくらい見りゃわかるだろうにさ！」

「は、はるかちゃん、落ち着いて……？」

「亜沙子のどこが不満なんだー、深町てめえふざけんなー！」

亜沙子の頭を己の胸に抱き込んだまま、はるかが天井に向かってゴジラのように叫ぶ。見れば、いつの間に飲み干したのかすでにはるかのジョッキが空いている。そういえばはるかは異様にペースの速い女だった。しかも酔うのも早い奴だった。

難波は恐る恐るゴジラに向かって尋ねる。

「そ、それで、俺に何を訊きたいと……？」

据わった目つきで、ゴジラが難波を見る。

「深町くんって、彼女いるわけ？」

「い、いない、と思うけど？」

「それ、確定情報？」

「……そう言われると自信ないけど、少なくとも俺は見たことも聞いたこともない」

「まあ、そうよね。深町くんって、草食系通り越してもはや植物系だもんね。でも、意外とモテてもおかしくない気はするんだけどねー」

はるかが言う。

途端に恭二と春人が色めき立ち、

「えっ、何だそれ！　あいつのどこにモテ要素があるんだよ!?」

「そーだそーだ、地味なメガネの印象しかねーぞ、モテねーだろどう考えても！」

「いや、あたしもそう思ってたんだけど！　亜沙子に言われて、この前よーく顔見てみたら、意外とあいつ顔綺麗《きれい》じゃない？」

「えー、顔、マジ覚えてない……難波、そうなのか？」

「え？　ええと、綺麗かどうかはわかんないけど、別に不細工ではないような……？」

難波は首をひねりながら言う。正直、男の顔で綺麗とかはよくわからない。女子学生に絶大な人気を誇る高槻彰良准教授のレベルまでいけば、さすがに難波にもわかるが。

おかわりを持ってきてもらうためにボタンを押しながら、はるかが続ける。

「いや、あれは綺麗な顔してるって。綺麗っていうか可愛い？　眼鏡取って髪型変えて服替えたら、絶対そこそこのレベルいくって」

「いやそれもう深町じゃないのでは……？　地味メガネはあいつのアイデンティティだぞ？　原形なくなって消えちゃうぞあいつ？」

「あんたの言いようも、正直ひどくない？　ていうか、地味メガネすぎて深町くんってよくわからなくってさ、去年会話した覚えもないし。亜沙子から相談されたけど、はるかおねーさんにもこればっかりはどうにもならなくて。それで、せめて深町くんと仲良さそうな難波くんに来てもらったってわけ。――ねえ、深町くんって、実際どんな奴なわけ？」

「ど、どんなって言われても。……普通だよ？」

はるかに問われて一瞬返答に詰まり、難波はそう答えを返す。

するとはるかは、テーブルに頬杖《ほおづえ》をついてじろりと難波を睨《にら》み、

「難波。あんたさー、本当に深町と仲いいわけ？」

呼び捨てになった。酒が回ってきている。

やばいと思う間もなく、新たなジョッキが運ばれてきた。はるかはそれをがっとつかみ、お前は漢《おとこ》かと言いたくなるような見事な呷《あお》りっぷりで半分を飲み干し、

「あのね。誰かにどんな奴か尋ねられて『普通』って答えるのは、その相手のことよく知らないってのと同じなんだよ」

――ぐさり、と何かが胸に刺さったような気がした。

なんだか随分と重たくて太い何かだった。

難波は自分の手元のビールジョッキを引き寄せた。ぐいと一口呷り、言う。

「……ていうかさ。亜沙子ちゃんは、何で深町のこと好きになったの？」

「それは……」

亜沙子が口ごもる。耳だけでなく、色白の顔全体がぽぽっと赤くなる。小さな口を少し尖《とが》らせ、必死に言葉を探すような顔をしながら下を向く。やっぱ可愛いなこの子、と難波は思う。眼鏡キャラ同士だし、深町とも似合いなのではないだろうか。

「実は去年から好きだったとか？」

「あ、ううん、好きになったのは、六月……」

「六月？　その頃、深町と何かあったの？」

「うん……」

亜沙子がうなずいた。

細い肩をきゅっと縮こまらせるようにして、話し始める。

深町尚哉を好きになったきっかけの話。

「――あのね。私、地方からの上京組なんだけど。同じ高校を卒業して青和大に入った友達が、一人だけいるの。友達っていうほどじゃないのかもしれないけど、クラスは同じだった。瑞希《みずき》、って名前の女の子。経済学部なの」

瑞希とは、大学に入ってからも別に交流があったわけではないのだという。単にクラスが同じだっただけで、そもそも仲良しグループは別々だった。

だが、その瑞希から、今年度になって急に連絡があった。

「びっくりしたの。だって私、瑞希とはメアドとか交換してなかったし。なのに、いきなりメールがきて……『ひさしぶりに話さない？』って」

「え、待って、何でその瑞希ちゃんは亜沙子ちゃんのメアド知ってたわけ？」

「同じ高校の子から教えてもらったんだって」

「何だそれ。個人情報ホゴとかどうなってんだよ。……それで？　瑞希ちゃんと会ったんだ？　亜沙子ちゃんは」

「……うん。断る理由も見つからなくて」

ひさしぶりに会った瑞希は、とても綺麗になっていた。

髪もネイルも今風に整えられていて、化粧も完璧《かんぺき》で、服装も垢抜《あかぬ》けていた。高校時代は少しぽっちゃりしていた気もするが、今は体形もすらりとしている。

瑞希は「わー懐かしいわー！」と亜沙子に駆け寄り、二人でイタリアンレストランでごはんを食べた。話題は主に高校時代のことだった。そんなに仲良しだった覚えはないといっても、何しろ同じクラスだ。文化祭、体育祭、修学旅行、卒業式、思い出話は尽きなかった。

絶対また会おうねと約束をして別れ、それから半月も経たずにまた誘われた。

明るい声ではきはきと話す瑞希と一緒にいるのは、亜沙子にとっても楽しいものだった。瑞希はいつ会っても、お洒落《しゃれ》で綺麗だった。身に着けているのも、ブランド品ばかりのようだった。

「それで、バイトの話になったの」

「バイトの話？」

「何のバイトしてるかって話……私は近所のパン屋さんでバイトしてて、残り物のパンとかたくさんもらえるから食費が助かるし、皆いい人達だから、時給はそんなに高くないけど気に入ってるのね。でも、瑞希にその話をしたら、『もっといいバイトをした方がいい』って言われて。何のバイトなの、って訊《き》いたら、『先輩がやってるんだけど、今度紹介するね』って言われて」

――正直な話、亜沙子はそう言われて、ちょっと不安になったらしい。稼ぎのいいバイトと言われて、なんとなく黒いイメージを持ってしまったのだという。

瑞希が何のバイトなのかを明言しなかったのも気になった。瑞希が身に着けていた品々を思い出す。学生の身分ではなかなか買えそうにないものばかりだった気がする。

「そのときは、てっきり瑞希はホステスとかしてるんじゃないかなって思ったの。銀座《ぎんざ》とかで。瑞希は綺麗だし、話すのも得意だから、似合いそうで……でも、私はそんなの、とてもじゃないけど無理」

「亜沙子はそんなのしなくていいのよー、汚いオヤジに手を握らせたりしちゃ駄目！」

先程よりさらに酔った雰囲気のはるかが、亜沙子に抱きつく。酒癖が悪い。

亜沙子ははるかに抱きつかれたまま、話を続けた。

「それで、次に瑞希に誘われたら、ちょっと考えようかなって思ったの。ホステスに誘われたくはなかったから。いきなりそういうお店に連れて行かれたら怖いし。……でも、その次の誘いは、学食だったの」

講義の合間の時間に、学食でちょっとお茶をしないかと誘われたのだという。

ちょうど一コマ空きの時間があったから、時間つぶしにもなるかと思って、亜沙子はそれを了承した。

約束の時間になって、学食に行ってみると、瑞希は中ほどのテーブルに座っていた。亜沙子もコーヒーとマフィンを買って、瑞希の向かいに腰を下ろした。

いつものように二人で話し始めてすぐのことだった。

突然、「やあ、お待たせお待たせ」という声が聞こえて、瑞希の隣に知らない男子学生が腰を下ろした。

びっくりして瑞希を見ると、瑞希は「ああ、ごめん。この人、先輩。田中《たなか》さん。経済学部三年」と紹介してくれた。

「瑞希の彼氏なの、って訊いたら、違うって言われて。例のバイトを教えてくれた人だっていうの。それで、その田中さんが、バイトの話を始めたの」

田中が言うには、彼の同郷の先輩が、とある企業に勤めているのだという。女性向けの化粧品を作っている企業なのだが、販売ルートは主にネットのみで、知る人ぞ知るブランドなのだそうだ。

田中は、そこの化粧品やサプリの仲介のバイトをしているのだという。

「瑞希もそこの製品をいっぱい使ってて、だからこんなに肌も綺麗だし痩《や》せたんだって言って。田中さんがタブレット取り出して、その化粧品の販売サイトを見せてくれたんだけど、学生が買うにはちょっと高い値段で。いくら品質が良くても、私には無理だなって思ったのね」

すると田中が、「これあげるよ」と言って、化粧品とサプリのサンプルを取り出したのだという。

そして、「もしよければ、梶山さんもバイトしない？」と言ってきた。

「その企業は、広告費を絞ってるから、とにかく世の中に知られていないんだって。広告費にお金を使うならその分を商品開発に回したい、それがその企業の理念なんだって。だから、品質はすごく良い。世間に知られづらいことだけがネック。だから田中さんの先輩は、田中さんに『周りの人に勧めてみて』ってお願いしたんだって。口コミで広がるのが一番だからって。……瑞希も田中さんも、その企業に販売員として雇われてるんだって。周りの人に直接勧めて、商品を売るのが仕事」

田中はタブレットを操作し、亜沙子に、いかに利益率が良いかの説明を始めた。

まず、販売員は、企業から商品を非常に安く買うことができる。ネットに載っている価格の半額以下だ。これだけでも、断然お得である。

そして販売員は、企業からまとめて商品を購入し、それを自分の周りの人間に売る販売権を与えられている。直接販売はネット販売と違って手数料を乗せなくていいから、ネット価格より安くなる。具体的な値引き金額はこれ。ほら、販売員から直接買う人も、こんなに得をすることができる。

販売員が企業からまとめ買いしたときの割引率と、それを自分で販売した際の差分がこれ。かなりの金額。人によってはこれで毎月二十万くらいは稼いでる。田中の先月の売り上げは二十二万。瑞希は十七万。一定以上売り上げに貢献すれば、企業からボーナスも出る。そのボーナスで、田中は先日車を買ったという。

「二人ともすごく早口で、数字を一杯並べて話すのね。で、私が、『ちょっと待って、頭を整理するね』って言うと、『そうか、文学部の梶山さんには難しい内容だったか。でも自分達は経済学部だから、この手の話のプロだから、まかせて』って言うの。瑞希の手にはブランド物の指輪が光ってて、田中さんの服装もお洒落で、二人とも笑顔で、数字の話が続いて……瑞希は、高校のとき、学級委員だったの。すごく真面目な子だった。だから、そんな子が悪いことなんてするはずないって思って、それで私、二人に『それじゃあ、まずはお試しってことで、一番小ロットのやつから始めてみない？』って言われて、書類に記入しかけたの。そしたら、そのとき」

そのとき、ふいに亜沙子の隣に誰かが立った。

眼鏡をかけた、真面目そうな男子学生。

——梶山さん。

彼は冷めた表情で一同を見回し、最後に亜沙子を見て、そう声をかけてきた。

——梶山さん、ちょっと話があるから一緒に来て。

「あの……私ね、正直に言うと、そのとき、それが誰かよくわからなかったの。緑川くん達のこと、全然笑えない。覚えてなかったの。だから、ちょっとぽかんとして、誰？って思って」

すると彼は、亜沙子の手をぐいとつかんで立ち上がらせた。

そして、その場から無理矢理連れ去ってくれたのだという。

後ろで瑞希や田中が何か言うのが聞こえたが、彼は無視した。

ぐいぐいと亜沙子の手を引っ張って、学食の外に出て、そのままずんずんと中庭を横切って、図書館の近くまで来てやっと手を放してくれた。

「私、もう何が何だかわからなくて……『何？』って訊いたの。『何なの、話って何？』って。そしたら彼、『何でわかんないの、どう見てもあれってマルチじゃん』って答えた。……自分でもなんとなくそうじゃないかなって思ってはいたんだけど、でも、あらためて他人から言われて、そのとき初めてぞっとした。だって私、サインするところだったんだもん」

それでもそのとき亜沙子には、瑞希を信じたいという気持ちがあったらしい。

たどたどしい口調で、瑞希をかばうようなことを言い並べた。あの子はそんな子じゃない、高校のときは学級委員だったしクラスで一番頭が良くて、今だってあんなに明るくて綺麗《きれい》で、だからそんなことあるわけがない。そんなことを言った。

するとと彼は、眼鏡の下の目を伏せるようにして、

「『こんなこと言いたくないけど、さっきの子、嘘しか言ってなかったよ』って、彼、

そう言ったの。学食で話してたとき、瑞希は『亜沙子は友達だから、だからこのバイトを紹介してあげたくて』って何度も言ったのね。でも、それも嘘だって彼は言ったの」

すごく嫌そうな顔をしながら、彼はこう言った。

――そもそも友達だと思ってるんなら、マルチに引き込もうなんてしないと思うよ。

そう言われた途端、ぱちん、と亜沙子の中で何かがはじけた。

友達だと思っていた瑞希に裏切られた気持ちと。

マルチ商法に引っかかる寸前だったのだという恐怖と。

そんなものに簡単に引っかかりそうになった自分自身への失望と。

幾つもの感情が胸の中で膨らみ、あっさり許容量を超えた。ぼろぼろっと大粒の涙がこぼれ落ちたのがわかった。まずいとは思ったが、もはや止められなかった。両手で口元を覆って泣き声だけは押さえつけて、亜沙子はその場で肩を震わせて泣き始めた。

そんな亜沙子を前に、彼は相当狼狽《うろた》えたらしい。

周囲の目を気にするようにきょろきょろと辺りを見回し、それから亜沙子の腕を引っ張ってベンチに座らせ、なぜだか「ごめん」と謝った。彼が悪いことなど何一つなかったのだが、自分のせいで女の子を泣かせてしまったとでも思ったのかもしれない。

「私が泣き止むまで、彼、ベンチの前に立っててくれたの。たぶん、そのままいなくなったり、横に座ったりしたら、泣いてる私が周りから丸見えになるからだったんだと思う。目隠し代わりにずっとそこに立っててくれて、それで、なんとか私、泣き止んで」

そして亜沙子は、ようやく彼に尋ねたのだという。

ところでどうして自分の名前を知っているのか、と。

彼は一瞬目を見開き、それからああ仕方ないよなという顔をして、「去年語学クラスが同じだった深町」と名乗った。言われてみれば、いたような気がした。

泣き止んだ亜沙子に、深町は、大丈夫かと尋ねた。

でも、亜沙子は、まだ全然大丈夫じゃなかった。

「だって、怖かったんだもん。瑞希も田中さんも、同じ大学の人だもん。いつまた顔を合わせるかわからない。また誘われて、今度こそ断り切れなかったらどうしよう。……そう話したら、深町くん、ちょっと悩んでから、スマホを取り出したの」

――去年『民俗学II』を教えていた高槻先生を覚えているか、と尋ねられた。

勿論《もちろん》覚えていた。『民俗学II』なら亜沙子も受講していた。二年からは文学科に進んでしまったから、今年はもう高槻の講義は受講していないが、あんなイケメンは忘れようもない。バーベキュー大会にだって参加したのだ。

深町は、スマホに向かってしばらく話し、通話を切ると、亜沙子に向き直った。

そして深町は、亜沙子を高槻の研究室に連れて行った。

高槻は笑顔で亜沙子を迎えてくれた。亜沙子を椅子に座らせ、「怖い思いをしたね」と優しい声で言ってくれた。甘いマシュマロココアも入れてくれた。それから丁寧に亜沙子の話を聞き、これからどうすればいいかを教えてくれた。

瑞希からの連絡は、今後一切拒否するとのこと。

大学側には高槻の方から報告してくれるとのこと。

念のため、しばらくはあまり一人にならないようにすること。

そして高槻は、「大学内でマルチ商法がはびこっているとなると問題だからね。よく報告してくれたね、ありがとう」と亜沙子に言った。

あやうくマルチに引っかかりかけたなんて馬鹿だ、と叱ったりはしなかった。

優しく言い聞かせるような口調で「今日はとても疲れただろうから、ゆっくりお風呂《ふろ》に入って、よく眠るんだよ」と言って、にっこり笑ってくれた。

「その後、深町くんは、私を学生寮まで送ってくれたの。高槻先生が、なるべく一人にならない方がいいって言ってたから、って。……私、深町くんのこと覚えてもいなかった薄情者なのに」

それから程なくして、キャンパス内の掲示板に、一枚の紙が貼られた。

――次の者を除籍処分とする。

厳然たる言葉の後に記されていたのは、数名の学生の名前だった。その中には、田中と瑞希もいた。

それ以来だ。亜沙子が、深町を意識するようになったのは。

学科が違うから、講義はほとんどかぶらない。でも、深町がよく図書館にいることに気づいてからは、こっそりと本棚の陰から覗《のぞ》き見たりした。なかなか話しかけられないままそうやって見守る日々が続いた。深町の方は、どうも亜沙子がそうやって見ていることに少しも気づいていないようだった。いつも本を読んでいるか、バイトらしき答案の採点をしていた。

付き合っている子はいなそうだな、と思ったとき、ああそうか自分はこの人のことが好きなんだなと気づいた。

だって、あのとき学食には、他にもたくさん学生がいたのだ。

なのに、助けてくれたのは深町だけだった。

その後、高槻先生のところにも連れて行ってくれた。放っておくことだってできたはずなのに、全部解決するように導いてくれた。……そんな人、なかなかいない。

それに、物静かな雰囲気も好きだった。本を読んでいる横顔が思いのほか整っていることに気づいたのは、いつのことだろう。一年のときは全然気づかなかったのに。

そうこうするうちに、大学は夏休みになった。

亜沙子は実家に帰り、そこで気持ちを整理した。念のため地元の友達に瑞希のことを聞いてみたりもしたが、あんまりいい話は聞かなかった。亜沙子の他にも、マルチに誘われそうになった子がいるらしい。

そして夏休みが明けて、あらためて深町の顔を目にしたとき、亜沙子は決意を固めたのだという。

「夏休み明けたら、深町くん、ますますかっこよくなってる気がして……なんか、雰囲気違ってて。それで、図書館に入っていこうとした深町くんを呼び止めて、告白したの。好きです、つきあってください、って」

深町は——びっくりした顔をしていた。

それから、ものすごく困ったような顔をした。

その顔を見たときにはもう、亜沙子は、ああ駄目なんだな、と気づいたらしい。

この告白は、断られる。

「深町くんはね、すごく困った顔をしたまま、『何で俺？』って訊《き》いてきたの。『前に助けてくれたから』って答えたら、『そんなのは当たり前だし』とか、なんかごにょごにょ言ってた。『それに、優しいから』って私が言ったら、深町くんはますます困った顔をしたの。……やっぱり、優しいんだなって思った」

深町は、ひとしきり悩んだ後に、まず、「ありがとう」と言ったらしい。「気持ちはすごく嬉《うれ》しい」と。

それから深町は、丁寧に、亜沙子に向かって頭を下げた。「ごめんなさい」と。

——俺みたいなのじゃなくて、もっと他の奴と付き合った方が、梶山さんには絶対いいと思う。

それが、深町の言い分だったのだという。

「……本っ当、どーゆーことなわけ⁉　『君には俺よりもっとふさわしい人がいるよ』なんて、自分を悪役にしたくない男が女を振るときの常套句《じょうとうく》じゃない⁉」

亜沙子の話が終わり、再びゴジラが吠《ほ》えた。ちなみに手元のジョッキは三つめだ。

亜沙子ははるかをなだめ、

「深町くんはそーゆーんじゃないよ。たぶん何か理由があるの。……それか、私のことが気に入らなかったか」

「そんなことあるわけないっ！　亜沙子は可愛い！　なんならあたしが嫁に欲しい！」

「だって私、深町くんのこと覚えてもいなかったし……」

「あーんな地味メガネ、誰が覚えてるかってのよー！　とにかく亜沙子は悪くなーい！」

ゴジラが吠える。女の友情は熱い。

男性陣は今の亜沙子の話を聞いて顔を見合わせ、

「つか、意外とイケメンエピソードきたな？」

「俺も今度から、食堂で周りの会話気にすることにする。そんで、マルチに引っかかりそうな子がいたら率先して助けることにする」

「お前は下心が先にきてんだよ、馬鹿。……あー、でも、なんか俺わかるなー。深町、そういうことやりそうだもん」

難波が言うと、恭二と春人がそろってぱちくりとまばたきした。

「何。メガネくん、実は隠れヒーローキャラ？　地味なのは世を忍ぶ仮の姿？」

「まさかお前も深町に助けてもらったのかよ」

「うん、まあ……マルチじゃねーけどな」

難波が言うと、恭二と春人はまたぱちくりとまばたきする。双子かお前ら、と難波は思う。

——難波が深町に助けられたのは、一年の終わり。秋学期試験の最終日だった。

そのとき、難波はとにかくツイてなかった。

植木鉢が上から降ってきて頭を割られかけるわ、アパートの鍵《かぎ》はなくすわ、暖房は壊れるわ、目覚ましは止まるわ、階段から落ちるわ、通学電車は停まるわと、それこそありえないほどの不幸のオンパレードだった。

しかも難波は、その不幸のオンパレードの直前に、なんと不幸の手紙をもらっていたのだ。勿論、最初はそんなもの信じてはいなかったが、さすがにこれだけのオンパレードを食らうと心も折れる。もしかしたらこのまま自分は死ぬんじゃないかと思って、最後の試験を終えた教室でそのまま突っ伏してお迎えを待っていた。気分的には『フランダースの犬』の最終回だ。もう疲れたよパトラッシュと呟《つぶや》いていたら、やがて天使が迎えにくるのだ。そのアニメは見たことがないのに、このシーンだけなぜか知っている。

だが、来たのは天使ではなく、深町だった。

半分死んだような顔をした難波にドン引きしつつも、深町は「話を聞いてやる」と言って、思いのほか乱暴に難波をカフェテリアに連れ出した。

……正直、意外だった。

深町とは、顔を合わせれば話す仲だった。時間が合えば、一緒に学食でメシを食う仲でもあった。でも、じゃあ普段からLINEなどでやりとりしているかといえばそんなことはないし、話しかけるのはいつも難波の方からだ。

深町が自分から難波に話しかけてきたのは、このときが初めてではないかと思う。

深町は難波の話を聞き、梶山のケースと同じように、高槻のもとへ連れて行ってくれた。高槻は、不幸の手紙についてその歴史や仕組みを丁寧に解説してくれて、最終的には全てを解決してくれた。

あのとき深町が声をかけてくれなかったら、自分は、電車のホームから転げ落ちるとか車に轢《ひ》かれるとかして、死んでいたような気もしなくはない。たとえ不幸の手紙の呪いが単なる災いの理由付けだったとしても、あのときの難波は間違いなく呪われた状態だったのだから。

そして、そのとき難波は思ったのだ。

ああこいつ思ってたより普通じゃん、と。

何だ、だったらもっと仲良くなってもいいんじゃないかな、と。

それまでずっと、深町と自分の間には見えない壁があるのだと思っていたから。

「つーかさ、深町のこと俺らが知らないのって、あいつが全然飲み会来なかったせいじゃん？　なに、あいつ酒飲めねえんかよ？」

ろれつのおかしくなってきた口調で、恭二が言った。

こいつも結構酔ってきてるなと思いつつ、難波は後ろを通った店員に水を頼む。はるかも恭二も、そろそろ酒だけ飲ませておいたらまずそうだ。はるかはまだしも、恭二は酒を飲むと吐く方だ。一度そのままトイレの個室で意識を失い、難波が扉を乗り越えて救出しに行く羽目になったことがある。ゲロまみれの便器に顔を突っ込んで寝ている恭二を見つけたときには、何の地獄絵図かと思ったものだ。

皿に残ったサラダをかき集めて口に運びつつ、難波は言う。

「深町はなー……あいつ、本っ当誘っても飲み会来ねえからなあ」

「酒弱いのか？　それともあれか、コミュ障か」

「酒は……強くはないって前に言ってたな。けど、コミュ障ってほど喋《しゃべ》らなくはねえぞあいつ。あいつが飲み会断る理由の一位は、ずばり『金がない』」

「なに。あいつ、貧乏？」

「一人暮らしだから節約してるって、いつも言ってるけど」

「なんだよー、苦学生かー？　実家が貧乏？」

「いや、話聞いてるとそんな感じもしねえけど……なんか、親と折り合いが悪いらしくて。あんまり親に頼りたくないとか言ってた。だから仕送りも最低限って」

と、はるかが真っ赤な顔でべしーんとテーブルを叩《たた》いた。

「わかった！　金出しゃいいんでしょ金出しゃ！　持ってけ泥棒！」

テーブルを平手したその手のひらの下には、札がある。お前はどこまで漢《おとこ》なんだと難波は思う。

いやしかし、タダ酒が飲めると誘ったところで、深町が来るかどうかは謎だ。

「あいつなー、コミュ障じゃないけど、飲み会苦手な感じしてなー……人の多いところが苦手とか言ってたし」

「よーしわかった。そんじゃ、この金は、難波、あんたにやる」

ぴしりとテーブルの上の札を二本の指で挟み込み、漢なゴジラがそう言った。

「え、くれんの？ ラッキー。はるかねーさん、ゴチっす！」

「勘違いすんな！ この金で、あんたが深町とサシ飲みしてこいっつってんの！」

「はあ？」

「二人でランチは食えて酒は飲めねーとかありえねーから！ あんたが深町から、亜沙子のどこが気に喰《く》わなかったのか聞いてこい！ 仲いいんだろ!?」

ますます据わった目つきで、漢を通り越してただのヤクザと化した声ではるかが言った。そのまま腕をのばして、テーブル越しに難波のシャツの胸ポケットに札をねじ込んでくる。

断ったら殴られそうだったので、難波は、ははーとありがたく拝領することにした。

ちなみに札は千円札だ。金額的には全く漢ではないが、もらえるものはもらっておこう。

はるかの千円札を軍資金の一部にし、難波がバイトする居酒屋のクーポン券をさらに上乗せして、深町の「金がない」を封じることにした。

とはいえ、深町が誘いに乗るかどうかは五分五分だと思った。

だから、翌日顔を合わせたときに思い切って「飲みに行かない？」と言ってクーポンの束を見せて、深町が「いいけど」と返事したときにはびっくりした。

「え？　え、ええええっ、マジで!?　マジでいいの？」

「……何だよ、自分から誘ってきたくせに」

「いや、てっきり断られるかなーと思って……前に深町、そんな酒好きじゃないって言ってたし」

「あー……確かに、そんなに強くはない。だから、途中でノンアルに切り替えてもよければだけど」

「それは全然いいけど、え、マジでいいわけ？」

「しつこいな。安くなるんだろ？　だったら行く。……けど、そっちこそ、何で？」

「何でって？」

「いや、今まで飲みとか誘われたことないし。何で急にって思って」

やっぱ怪しまれたか、と難波は思う。まあ、それはそうだろう。イレギュラーな事態を警戒するのは当たり前のことだ。

「それはあの、ほら、あれだよ。ちょっと話を」

「話？」

深町がますます不審そうな顔をする。

これ以上は下手なことを言わない方がいいなと思って、難波は「それじゃ、十九時に店でな！」と言って、深町と一旦《いったん》別れた。

テニスサークルに顔を出し、しばらく練習して、待ち合わせの時間に合わせて早めに上がる。愛美には「ごめん！　今夜はデートできない！　野暮用がある！」と謝っておいたが、「そもそも今夜はデートの予定ないし」とあっさり言われた。世界一可愛い彼女は、こういうとき意外とクールだ。

深町は、すでに店に来ていた。普段難波がバイトしている居酒屋だ。雑居ビルの三階にあり、そこそこ大きく、座席は全席掘りごたつ式。学生も来ればサラリーマンも来る、安くてそこそこメシも美味《うま》い店。

客が多くなり始めてがやがやとうるさい店内で、深町は、予約した席に一人で座ってイヤホンをつけていた。

深町は、キャンパス内でも大抵イヤホンをつけている。何聴いてんだ、と前に訊《き》いたら、「色々」という答えが返ってきた。音楽が好きにしては漠然とした答えだな、と思ったものだ。答えるのが面倒だっただけかもしれないが。

「ごめん、待たせたか？」

「あ、いや……別に」

難波が向かいに座ると、深町はイヤホンをはずした。周りの喧騒《けんそう》を気にするように少し耳に手をやる。

「悪い。うるさいとこ苦手だっけ？」

「うん、まあ……でも、慣れないと駄目だし」

深町はそう言って、耳を押さえていた手を下ろした。

飲み放題三時間のコースの他に、食べ物を適当に頼む。深町に何が食べたいかと訊いたら、ほっけを指差した。渋い好みだなと思いながら、それも注文する。

とりあえず一杯めのビールで「おつかれー！」と乾杯した。

「深町は、唐揚げにレモンふる人？　ふらない人？」

「どっちかっていうとふらない人」

「俺も同じ。じゃあレモンはこっちにどけとくな。まあ今日は食え！　飲め！　俺のクーポンと軍資金の千円を有意義に使え！」

「何だよ軍資金の千円って」

「それはこっちの話」

「そういえば、なんか話があるって言ってたよな」

「あー、うん、あの……あっ、ほら！　夏の、高槻先生のフィールドワーク！　あの話してくれよ、幽霊見たんだろ！」

直球で亜沙子の話に入るよりも別件から攻めた方がいいだろうと思って、難波はそう言った。

深町は、唐揚げを口に運びかけた手を一旦止めて、難波を見た。

訊いちゃまずいことだったかな、と難波は本能的に思う。

が、深町はそのまま唐揚げをまた口に運び、さくりと一口嚙《か》み千切ると、

「……うん。幽霊は出た」

「え、マジで？　何があったんだよ！」

「うん。えっと……行ったのは、長野の山奥だったんだけどさ」

言葉を迷うような顔をしながら、深町が話し始める。

長野の山奥にある、廃村間際の場所に行ったこと。そこは、深町の祖父母が住んでいた場所で、深町自身、小さい頃は毎年遊びに行っていた場所であること。

そこには不思議な風習があって、お盆のときに黄泉《よみ》の国から帰ってくる死者達のために、特別な祭の会場を作るのだという。

「祭の会場？　何だそれ」

「普通の盆踊りの会場と基本は変わらない。櫓《やぐら》を組んで大太鼓を置いて、青い提灯《ちょうちん》をたくさん吊《つ》るす。それで、その櫓の上で、祭当番が大太鼓を叩くんだ。そうすると、帰ってきた死者達が、櫓の周りで盆踊りするんだって。……まあ、もうその村はお年寄りがちょっと住んでるだけだから、そういうのを設営するのも難しくなって、今では櫓はなしになってるんだけど」

「なしでもいいの？」

「うん……とりあえず青い提灯吊るして、大太鼓は台の上に置いて——でも、死者達は

それだとつまらなかったんだろうな。自分達の世界では、勝手にでっかい櫓組んでた」

「自分達の世界？」

「……その村な、夏のお祭りの日になると、盆踊りの会場に異界の口が開くんだよ」

深町が言う。淡々とした語り口が逆に怖い。

亜沙子の件はそっちのけにして、難波は深町の話に夢中になった。高槻と、その幼馴《おさなな》染《じみ》だという刑事と一緒に行った調査。その下に黄泉への入口を隠している、『お山』と呼ばれる小さな山。その上にある神社。そのさらに奥にある謎の磐座《いわくら》。村の者達が子供達に向かってかける不思議な言葉が、難波は一番怖いと思った。「子供は帰れ。寄り道せずにまっすぐに。そして今夜は早く寝ろ」という呪《まじな》いのような言葉。

そして——夜遅くになってから、深町達は、死者達のための祭会場で、本物の死者を見たのだという。

「……踊ってた。盆踊りを」

深町は言った。

「どん、どん、どどんっていう太鼓の音に合わせて、櫓の周りを囲んで。皆、顔をお面で隠してるんだ。ひょっとこの面、おたふくの面、猿の面、猫の面、般若《はんにゃ》の面……死者の顔は、見たらいけないものだから」

「……あのさ、それ、本当は、生きてる人が死んでる人のふりしてたって可能性は？」

「ないよ」

即答だった。

「何でそう言い切れるんだよ」

「だって、俺の死んだじいちゃんとばあちゃんがいたから」

ぞっとした。

難波は思わずまじまじと深町の顔を見つめた。冗談でそんなことを言う奴とは思えなかったからだ。

深町は眼鏡の下の目を伏せ、手元に置いたほっけの身を箸《はし》でほじくっている。ノリで言っているようにはやはり見えなかった。

……じゃあ、まさか本当に、と思ったら、さらに背筋が寒くなった。難波は慌てて手元の酒を呷《あお》り、

「それで？　その後、どうなったんだよ」

「あー……どうだったかな」

深町は、そこで急に言葉を濁した。

あんまり美味くもなさそうな顔でビールを一口飲んで、

「……なんか、気づいたら朝で、俺も先生も広場の隅に倒れてたんだよ。もう祭は終わってた。死者も消えてた」

「倒れてたって、大丈夫だったのか？」

「うん、まあ……帰ってこられたしな」

「へええ……でも、すっげえなあ！」

「すげえって、何が」

「いや、すげえ体験してんじゃん？　深町の夏休みの思い出、すごすぎるだろ！」

「そんな絵日記風に言われると、なんだかな」

ほっけをつつきながら、深町が言う。

その直後のことだった。

急に深町が顔をしかめて、手で耳を押さえた。

「深町？　どした？」

苦しそうなその顔が心配で、難波はテーブル越しに少し身を乗り出す。

深町は、大学の中でもよくこんな風に耳を押さえていることがあった。もしかしたら、耳に何か障害があったり、病気があったりするのかもしれない。

「大丈夫か？　耳痛いのか？」

「いや……平気。ちょっと、うるさくて」

ちらと、深町の視線が斜め向かいのテーブルに流れる。

つられて難波もそちらを見た。

男性が二人座っていた。学生ではない。三十代くらいだろうか。一人はサラリーマンっぽくて、スーツにネクタイという格好。もう一人は、もっとラフな格好をしている。

「いや本当にさー、お前が羨《うらや》ましいよ！　その年で独立とかさあ、すごくない？」

「お前の方がえらいって。大きな企業で着実に成果出してさ、俺そういうの苦手だから。それで、自分の会社作ったんだよ」

「いいよなー、社長！　全部自分の自由にできるんだろ？　よっ、社長！」

「何言ってんだ。全責任が俺にくるんだぞ。そんないいもんかよ」

酔っ払った赤い顔で、二人は大声でお互いを褒め合っている。自分を下げて、相手を持ち上げて。

でも、いかにも親しげに笑っているくせに、どこか目が笑っていない感じがするのが気持ち悪い。

「——ああいうのってさ」

深町の方に向き直りながら、難波はぼそりと言う。

「絶対、本気で言ってねえよな」

「……え？」

耳を押さえたまま、深町が目を上げて難波を見る。

「だって、絶対あいつら、相手のこと馬鹿にしてんじゃん。何あれ、サラリーマンと社長？　昔はトモダチでしたとかそういう構図？　お前はすげえとか、嘘ばっか。——謙遜《けんそん》は美徳とか正直古いし、思ってもねえこと言う奴ってだっせえよなー！」

向こうのテーブルに聞こえるようにわざと最後は大声で言ってやったら、ぴたりと二人の話し声が聞こえなくなった。

「ほら、図星じゃん」

そう呟《つぶや》いて、唐揚げを頬張る。

それから、深町まで黙り込んでいることに気づいて、難波は慌てて目を上げた。違う席の奴に喧嘩《けんか》売るやべえ奴、とか思われただろうか。

だが、深町は、なんだかぽかんとした顔で、難波を見ていた。

もう耳も押さえていない。眼鏡の奥の目を丸くして、じっとこちらを見つめている。

「ふ、深町？　何だよ？」

声をかけたら、深町は、はっとしたような顔をした。「何でもない」と言って、またほっけの身をほじくり返しにかかる。

そして、

「……難波は、すごいよな」

ぽつりと、そう言った。

「え。すごいって何が」

「なんかこう、色々と」

「待て待て待て、そこは具体的に言え！　人を褒めるときは具体的にかつ詳細に微に入り細に入りって学校で習わなかったのかよ！」

「習ってねーよそんなの。ていうか、難波、声でかい」

「あ、ごめん……もしかして、耳に響いた？」

さっきまで耳が痛い様子だった相手の前で、大声はまずかったのかもしれない。慌てて難波は音量を下げる。

すると深町は、ふっと笑って、

「――そういうところだよ」

「えっ、何が？」

「あ、俺、卵焼き食べたい。クーポン対象だよな、頼んでいいか？」

「いいけど、えっ、だから何がそういうとこ？」

「そういえばごめん、ほっけ、さっきから俺一人で食べてるな。難波も食う？」

「それもいいけど別に。いやだから、何がそういうとこ!?」

「すみませーん。ビールおかわりいいですかー」

「深町ー！　だからどういうとこー!?」

結局何がそういうところなのかは、教えてもらえなかった。

それからしばらく、どうでもいい雑談が続いた。

普通に楽しい飲み会だった。普段深町は飲み会を避けているようだが、もっと参加すればいいのにと難波は思う。これなら深町と友達になる奴だって増えるだろう。だって深町は、普通に楽しい奴だから。

――そう考えた瞬間のことだった。

胸の奥に刺さったままだった、重たいもののことを思い出した。

『あのね。誰かにどんな奴か尋ねられて『普通』って答えるのは、その相手のことよく知らないってのと同じなんだよ』

あ、と思った。

そうか、そういえば自分は深町のこと何も知らないよな、と。

何でよく耳を押さえているのかも。

何で飲み会に来ないのかも。

……何でいつも一人でいるのかも、知らない。

一人きりが好きな奴というのが存在するのは知っている。誰かといるよりも一人の方が楽だという奴。誰かと話すのが億劫《おっくう》な奴。他人に無関心な奴。他人が苦手な奴。

だけど、深町と話す回数が増える度に、ああこいつ別にそういう奴じゃないんだなと思った。昔はそこそこ友達が多かったんじゃないかなと。

話しているとわかる。深町は、会話の流れを読むのも上手《うま》いし、ふざけ方も知っている。本当に人と話すのが苦手だったら、そういうスキルは身につかない気がする。

だったらどうして、今のこいつの周りには、ほとんど人がいないんだろう。

キャンパスで見かける深町は、大抵一人だ。

誰かと一緒にいるとしたら、それは高槻か、もしくは高槻研究室所属の院生。その他の奴らと話しているところをほとんど見ない。

たぶん、自分から避けているのだと思う。周りの目に留まらないように静かに、集団の中にまぎれるようにわざと気配を消して、個性を消して生きているように見える。だからこその地味メガネキャラな気がする。

何でこいつは、そんな生き方をしているんだろう。

こいつは、目の前にいる自分のことをどう思っているんだろう。

「……難波？」

目の前でひらひらと手を振られて、難波ははっとした。

「何だ、酔ったのか？」

「いや、悪い、考え事してた」

「考え事？　難波が？」

「お前今さりげに俺のことディスったろ」

「ごめん」

「友達に対してひでえ奴だな！　罰として、この焼き鳥は俺がもらう」

そう言って、難波が皿の上に一本残っていた焼き鳥の串《くし》を持ち上げたときだ。

「……友達」

深町がぽそりとそう呟いた。

あれ、まさか、と難波は少し慌てて、

「友達、だよな!?　俺ら！」

「いや……えっと」

「ちょっとやめろよ、そう思ってるの俺だけかよ！」

「うん。じゃあそういうことでいい」

「じゃあって何⁉」

騒ぐ難波にはそれ以上取り合わず、深町は、手元の残り少ないほっけの身を丁寧に骨からはがしながら話題を切り替えた。

「──そういえばさ、前から難波に訊《き》きたいことがあって」

「訊きたいことって？」

「何で難波は、あのとき俺に声かけたんだ？」

「あのとき？」

「一年の最初の──高槻先生の講義のとき。俺の名前覚えてもいなかったのに、飲み会に誘っただろ」

言われて思い出す。

『民俗学Ⅱ』の初回講義だ。同じ高校出身の別学部の友達と話していたら、見た覚えのある顔が歩いてきて、たぶん語学クラスが同じ奴だなと思った。目が合ったら、向こうも、あ、という顔をしたから、間違いないと思った。

「何でって、そりゃ──友達になっとこうって思ったからに決まってんじゃん？」

「なっとこう？　何で？」

「だってほら、友達は多い方がいいだろ。よくわかんない奴でも、とりあえず友達になっといた方が絶対いいんだって」

「何で？」

「そこ、何でって訊くか？」

「なあ、何で？」

深町がしつこく訊いてくる。

よく見ると、少し顔が赤かった。ええと深町は何杯飲んだっけ、と難波は頭の中で数える。今手元に持っているので二杯目のはず。酒に強くないと言っていたから、そろそろウーロン茶にでも切り替えた方がいいのかもしれない。

飲み会の最中、ついつい自分以外の奴の様子に目を配ってしまうのは、大学に入ってからの飲み会で色々大惨事があったからである。べろんべろんに酔って様々な粗相をやらかす友達やら先輩やら後輩やらが周りに多すぎて、比較的酒に強い難波が世話役になるしかなかった。

「なあ、何で？」

「もー、何で何でって子供かよお前は。……だからアレだよ、俺、昔っから少年漫画が好きなのな」

「少年漫画？」

「そ。ああいう漫画ってさ、主人公の周りにどんどん新しい仲間が増えてくじゃん。個性豊かで強くて優秀でなんかとにかくすげえ奴らが」

「まあ、連載してるとそうなるよな。どんどん新しいキャラ出して、新展開とか作らないと、読者に飽きられるし」

「いや、そーゆー現実的な話をしてんじゃなくてさ」

焼き鳥の串をくわえて肉を引き剝《は》がし、難波は言う。

まあ深町も酔っ払ってきているし、酒の席なら何を話してもいいかなという気がする。

……そんなことを思っている自分も、たぶん多少酔っている。

「その手の漫画ってさー、人気投票すると大抵主人公以外の脇キャラが一位とるじゃん。なんなら主人公、三位とかじゃん。俺、あれ見る度、『気持ちはわかるけど一番すげえのは主人公だし！』って悔しくて地団駄踏んでさあ」

「踏むなよ、漫画だろ」

「漫画でも大事なんだよ！　とにかく一番すげえのは主人公なんだよ。だって、一位とも二位とも仲間になってんじゃん。最初は敵だったキャラとかとも、そのうち仲間になるじゃんか」

「少年漫画の王道展開だからな」

「だからそーゆー話じゃねえの！　主人公が最後のバトルまで死なずにたどり着けるのは、すげえ仲間が多いからなんだよ。それって、やっぱ一番すげえことじゃん」

そう。難波は、少年漫画を読むとき、いつも主人公のことが一番好きだ。

主人公だから一番強かったり、一番大事な能力を持っていたりするのは当然として、それを抜きにしても主人公が好きだ。漫画が進むにつれて、主人公の周りに色んな仲間が集まってくる。あの感じが好きなのだ。この主人公だからこそこれだけの仲間が集まるのだと思える、それが何より魅力だった。

主人公みたいになりたい。それは、難波が子供の頃に抱いた至極単純な憧《あこが》れだった。

「……けどさ。現実の俺は、漫画の中の主人公みたいに手足がゴムなわけでもなく、やたら剣術が強いわけでもなく、超能力やら霊力やら呪力《じゅりょく》やらがあるわけでもない。特技も才能もない。そりゃもうつまんない、からっぽな人間なわけよ」

「別に難波はつまらなくないし、からっぽでもないだろ」

難波のぼやきに、深町が真顔でそう返す。

ああこいついい奴だなあ、と難波は思う。

「漫画の中みたいなんじゃなくても、現実世界にだってすげえ奴はいっぱいいるじゃんか。野球が上手い奴、テニスが上手い奴、漫画描くのが上手い奴。俺は何やっても、せいぜい『そこそこ』なんだよな。漫画でいうところの脇キャラ？　つーかモブ？」

「そんなこと言ったら俺なんて確実にモブだ」

「深町は最初からモブ狙いなだけじゃん」

難波が言うと、深町は痛いところをつかれたという顔で口をつぐんだ。何だやっぱりそうなんだな、と難波は思う。こいつめ、地味メガネキャラはやっぱわざとか、と。

「……まあさ、基本ステータスが脇かモブでも、やっぱ主人公への憧れってやつは消えないわけで。でも俺、ある日気づいたわけ。一個だけ、俺にも才能あるわって。主人公級の才能あるわってさ」

この地味メガネの腹の中を見るにはどうすればいいのだろうと思いながら、難波は酒のグラスを口に運ぶ。やはりまずは眼鏡をはずさせるところからだろうか。

「俺な。誰かと友達になるのだけは、得意なんだわ。友達百人、作れちゃうタイプ」

「……ああ、それは確かに主人公が持ってるスキルだな」

深町が小さく吹き出すようにして笑う。

酒のグラスを掲げて、難波もまた笑った。

「だろ？　俺、そーゆーとこだけは主人公張れるなあって思って……そのスキルを、さらに磨こうと思ってだな」

「その一環として、俺にも声をかけたわけか。主人公になるための修業か」

「まあ別に現実世界ではすげえ敵と戦うとかはねえんだけどさあ。すげえ仲間が増えて、そのおかげでますます俺も強くなってってことはねえんだけど……でも、やっぱ楽しいんだよな、友達増えるのって」

「……面倒なことも増えるだろ？」

「あー、増えるなあ。よく知らねえ奴がいるからとりあえず一緒に飲んで探ってこいとか命令されたりな」

「何だそりゃ」

「いやいや、すべては友達のためよ？」

へへへ、と難波はまた笑う。

……とはいえ、時々、不安になることはある。

お前の人付き合いは薄っぺらいんだよと、たまに言われることがある。お前のそれはただ広く浅く付き合ってるだけじゃないか、そんなの友達じゃなくてただの知人だと。

そんなことねえよと言い返しはするが、難波が一方的に友達と思っているだけで、本当は向こうは難波のことなんて何とも思っていないこともあるかもしれない。

それでも――目の前にいる相手のことが嫌いじゃなかったら、一緒にいて楽しかったら、それは友達だと難波は思うのだ。たとえそれが片思いであっても。

だから難波は、友達と思う相手のためなら多少の面倒は引き受けるし、顔を合わせたら「よお」と声をかける。そうやっているうちに、向こうだって難波のことを本当に友達と思ってくれるかもしれないから。

「友達増えるのって、いいことだと思うんだよ。世界が広がる。知らなかったことを知れるようになる。俺は漫画の賞で佳作とか獲れないけど、賞獲ったらどんなことが起こるのかを友達から教えてもらえる。それってやっぱすげえよ。……深町だって」

「俺が何だよ」

「だって俺さ、ガチの幽霊見てきた奴の話聞いたの、初めて。すげえって思った」

難波がそう言ったら、あはは、と深町が大笑いした。

そうかこいつこんな顔するんだな、と難波は思った。

キャンパス内では一度も見たことがない顔だった。

それだけでも、こいつと友達になっておいてよかったなと思った。

恭二も春人もはるかも亜沙子も知らない、深町の顔だ。

トイレに行って帰ってきたら、深町の姿がなかった。

あれ、と思った。

荷物はそのままになっている。トイレに行ったのであれば、途中で会っただろう。どこに行ったのかな、と首をひねりつつ、自分の席に戻る。

難波は、居酒屋を選ぶなら掘りごたつ式が一番だと思っている。畳だけだと足が疲れるし、テーブル席だと酔った奴らを畳の上に転がしておけない。

畳の縁《へり》に腰掛け、掘りごたつの中に足を下ろす。

途端に何か温かいものを踏んづけて、難波は思わず悲鳴を上げた。

「わああっ⁉……って、お前、何してんだよ」

深町だった。

いつの間にか掘りごたつの中にすっぽり収まって、丸くなっている。どうやら難波がトイレに行っている間に、畳の縁から滑り落ちたらしい。

「あーもー、出てこい出てこい、そんな狭いとこに潜り込んでんじゃねーよ、猫かお前は。ていうか深町、まさか酔ってる？」

掘りごたつの中からなんとか引っ張り出してみたら、深町の顔が真っ赤だった。ちょっと待て、と難波は焦る。難波がトイレに立つ前は、深町はこうじゃなかった。

慌ててテーブルの上に視線を走らせる。さっきまではなかったはずの、空のグラスが一つある。手元に引き寄せ、においを嗅《か》いでみる。やっぱりそうだ。難波が頼んでおいた芋焼酎《いもじょうちゅう》だ。難波がトイレに立っている間に届いたのか。

「深町。お前、これ飲んだな？」

「んー……飲んだ」

「馬っ鹿、お前酒弱いんだろ！」

「んー、うん。弱い。けど、飲んだ。駄目か？」

「駄目に決まってんだろ」

「そっかー。駄目かー」

ふにゃふにゃした口調で深町が言って、テーブルに突っ伏す。これは完全に酔っ払っている。こんな深町は初めて見た。動画で撮影して後で本人に見せたら、何と言うだろう。とりあえず、ものすごく嫌な顔をしそうだ。

深町はテーブルに突っ伏したまま動かない。寝ちまったかな、と難波は思う。酔って吐く奴よりはましだが、寝る奴も結構厄介だ。連れて帰るのが面倒くさい。

飲み放題三時間で取っている席だから、残り時間はあと二十分ほど。それまでに起きてくれるといいなあと思いながら、もう一度芋焼酎を頼む。

と、テーブルに突っ伏したまま、深町が口を開いた。

「……あのさー、難波」

かろうじて起きてはいるらしい。

投げやりな気分で、難波は返事をする。

「はいよー、深町」

「あのさー……ありがとな」

「ああ？　何が」

「さっきのさー、長野の話。……俺、お前のおかげで戻ってこられた」

「はあ？　何言ってんだ、お前」

「いや、厳密に言うとお前のおかげだけじゃないんだけど。つかお前の比率はたぶんそんなに多くなかった気もするけど」

「お前そんなろれつ回ってないのによく『厳密』とか難しい言葉言うよな……ていうか何、俺のありがとう比率少ないわけそんなに」

「そだなー、一瞬の火花だったなー」

ははは、と深町が笑う。酔っ払いの話というのは基本的にわけがわからないものだが、深町もその例に漏れないらしい。

「でも本当……お前が友達になってくれてて、よかった……」

ふにゃふにゃと、深町が言う。声が小さくて、よく聞こえない。

「あ？　何？　友達がどした？」

「……難波ー」

「今度は何だよ」

「あのさー、今度さ……長野の話、もう一回聞いてもらっていい？」

「何で？　さっき聞いたじゃん」

「うん。言ったけど。でも……話してないことが……まだ、たくさん……」

そこで話し声が寝息に溶け、深町が完全に沈黙した。今度こそ寝たみたいだ。

そのとき、店員が追加オーダー分の芋焼酎を持ってきた。店員といっても、普段難波が働いている店だ。ほとんどが顔見知りだ。

グラスをテーブルに置き、空いた食器を片付けながら、そいつは深町を一瞥《いちべつ》して、

「何だ、寝ちまったのか。大丈夫か？」

「あー、平気平気。いざとなれば、俺がかついで帰るから」

ひらひらと手を振って難波がそう言うと、店員は肩をすくめて去っていった。居酒屋の店員たるもの、酔っ払いなんて普段から見慣れ過ぎていて今更驚きもしない。

そういえば亜沙子の話をし忘れたなあ、と思った。

明日《あした》はるかに会ったら、首を絞められるかもしれない。千円は返せと言われるだろう

から、あらかじめ用意しておこう。それとも、この深町の寝顔を写真にでも撮っておいたら、許してくれるだろうか。

しかし、そうなるとこの飲み会の収穫は何なのだろう。

芋焼酎を飲みながら、難波はしばし考えた。

深町ともっと仲良くなれました、だろうか。今日は普段見たことのない深町をたくさん見られて、それはそれで楽しかった気がする。高槻とのフィールドワークで見た幽霊の話も面白かった。まだ聞いていない部分があるのなら、ぜひ今度聞いてみたい。

……それから、やっぱり深町は普通だな、と思った。

よくわかってないから『普通』という言葉で済ませてるんじゃない。

前よりわかった部分が増えたうえで、そう思うのだ。

何でしょっちゅう耳を押さえるのかとか、何でいつも一人でいるのかとか、その辺りのことはよくわからないままだけれど。

でも、そういう話を脇に置いてしまえば、深町はその辺の奴らと全然変わらない。

だから、『普通』。何もおかしなところなんてない。

ただの友達だ。

——深町は、それからきっかり十五分後に目を覚ました。

起きたときには受け答えも普段通りに戻っていて、店を出るときの足取りもしっかりしていた。これなら別に難波が家まで送っていかなくても大丈夫だろう。

寝ちゃってごめん、と神妙な顔で謝ってきたから、ほれ、とスマホで撮影した寝顔を見せてやった。

「……ちょっ、なっ、何撮ってんだお前！　消せ早く！」

「ちなみに動画もあります」

「ありますじゃねーよ！　どっちも消せ！」

「えー、案外高値で売れると思うんだけどなー、これ」

「だ、誰に売るんだ馬鹿！」

「今日するはずだった恋バナのヒロインに」

「はっ？」

深町が何言ってんだこいつ、という顔をする。

難波はその顔に向かってスマホを突きつけ、そして言った。

「つーわけで、今日しそこねた恋バナは来週するからな。空けとけよ、予定！」

さもなければこの写真は一年のときの語学クラスのグループLINEで拡散すると脅したところ、深町は渋々という顔でうなずいた。寝顔は意外と可愛いくせに、こういうときの顔はとことん不機嫌そうなのが、さすが深町だった。

次の飲み会では、はたしてどこまで仲良くなれるだろうか。

第四章　休日は本棚を買いに

佐々倉健司《さ さ くらけんじ》と高槻彰良の二人を並べて見たとき、大抵の人間は、こいつら一体どういう関係なんだと思うらしい。

二人とも、背は高い。年齢は同じだが、彰良が一向に老けないものだから、ちょっと前から健司の方が年上に見られるようになってきた。別に童顔というわけでもないくせにあいつずるいな、と健司はたまに思う。

そして、見た目の印象は、なんというか——真逆である。

上質なスーツを身にまとい、いつも柔和な笑みを浮かべている彰良は、その整った容姿と紳士的な物腰も相まって、初対面の相手に警戒心を抱かれることがまずない。フィールドワークの一環であちこちで話を聞いて回ることが多いようなのだが、老若男女問わず好意的に応対してもらえることがほとんどだという。特に女性と子供にはモテるようで、ちょっと前には小五男子に「舎弟にしてやる」と熱心に口説かれたらしい。

健司はといえば、初対面の相手には大抵怖がられる。生来の目つきの悪さに加えて、仕事柄鍛えたガタイの良さがどうにも威圧感を生むらしい。仕事着も私服も黒ばかりなのがいけないんじゃないかと言われたことがあるが、他の色が似合わないのだから仕方ない。それに、刑事という職業においては、この強面《こわもて》も役に立つことの方が多いのだ。交番勤務の頃には迷子の小学生に泣かれたこともあるが。

そんな二人が、それでは実際はどんな関係なのかといえば、単なる幼馴染《おさななじみ》である。子供の頃、住んでいる家が近かったというだけの話だ。通っていた学校は一度たりとも一緒になったことはないのに、なぜか毎週遊んでいた友達。……思えば不思議な関係ではある。

それでも、出会ってから三十年近く経つ今でも、しょっちゅう顔を突き合わせては、酒を飲んだり、出かけたりしている。たぶんこの先もそうなるだろうと、健司は思っている。

――本棚を買いたいから車を出してほしい、と彰良から頼まれたのは、九月初め。深町や瑠衣子と一緒に遊園地に行った後の、家飲みのときだった。

あのとき、昼間さんざん遊んだくせに何でまた家飲みなんだ、と思いつつ向かった彰良のマンションで、健司は彰良から質問攻めにあった。お化け屋敷に置いてあった鏡の中に見えたものについて、詳しく話せと言われたのだ。

詳しくと言われても、健司もそうじっくり見たわけではない。記憶に残っていたのは、体育座りをした小学生くらいの男子だったということ。剝《む》き出しの膝がひどく汚れているように見えたこと。上目遣いにこちらを見る視線が、やけにじっとりして嫌な感じだったこと。お化け屋敷の演出としては、大して面白くもないものだった。……なのに、あれがまさか本物の幽霊だったなんて、勘弁してほしい。そういうものを見るのは子供の頃以来だ。いいないいなと彰良はさかんに羨《うらや》ましがったが、健司としてはもう二度と見たくない。思い出すだけで背筋が寒くなる。

根掘り葉掘り鏡の幽霊について訊かれた後は、そのまま普通の飲み会になった。テーブルには様々な料理が並び、ワインを開けて乾杯した。男ばかりでの家飲みなのに食べるものが充実しているのは、あまり酒が飲めない深町への配慮もあったのだろう。

サラダを取り分けながら、彰良がふと思い出したという顔で言った。

「あ、そうだ。ねえ、健ちゃん。次に休みが合ったときに、車を出してくれないかな。イケアに行きたくてさ」

「別にかまわねえが、何買うんだ？」

「うん、本棚を」

「……またか」

呆《あき》れた顔で言いつつ、健司はテーブルの上の皿に手をのばした。具材を包んで揚げた三角形のサモサをつまみ上げる。

サモサは彰良の得意料理の一つだ。テーブルには他にも、骨付きラム肉のハーブ焼きやラタトゥイユなどがある。もともと作り置きしていたものもあったようだが、ほとんどは彰良が深町を助手にして先程作ったものだ。イギリス時代にインド人とフランス人とイギリス人と日本人から料理を仕込まれた彰良は、やる気さえ出せば大抵のメニューは作れるし、手際も良い。

「こら、深町。お前、さっきからサモサばっか食ってんだろ。他のも食え」

「だってこれ、美味《うま》いんですよ」

サモサの皿を自分の方に引き寄せて黙々と口に運んでいた深町を小突くと、真面目な顔でそう反論された。一定以上酒を飲むと高確率で寝る深町は、飲み会の際はいつも食べる方がメインになる。とはいえ、普段はそれほど量を食う奴でもないので、余程この揚げた三角形が気に入ったということなのだろう。

彰良が微笑ましげな顔で深町を見ながら言った。

「深町くん、そんなに気に入ったなら、あとでレシピをメモ書きしてあげようか。春巻きの皮で簡単に作れるよ」

「あ、欲しいです。ありがとうございます」

「でも、サラダも食べるように」

「はい。いただきます」

差し出されたサラダの皿を、深町が殊勝にうなずいて受け取る。

彰良は健司にも皿を手渡し、

「健ちゃんも、ちゃんと野菜食べるんだよ。普段忙しい人は食事が偏りがちだからね。

うちに来たときくらい、きちんと食べてほしいな」

「お前は俺の母親か。――つーか、この部屋、すでに本棚だらけじゃねえかよ。これ以上買う必要あるか？」

受け取ったサラダの皿を脇に置き、健司はぐるりと部屋の中を見回した。ちなみに2LDKのこのマンションには、他に寝室と書斎があるのだが、どちらもやはり本棚だらけだ。そしてそのほとんどが、健司が一緒に買いに行ってやったものだったりする。

彰良はにっこりと笑って、

「だって、もうどの棚も埋まっちゃったからねえ。僕、棚の隙間に本を詰め込むような真似はしたくないんだよ。取り出しづらいし、見た目も良くないからね。棚から本があふれる前に、新しい本棚を買い足すのが一番だよね！」

発想が、広い部屋に住んでいる奴ならではだ。普通の奴は、そもそも本棚を置くスペースに困るものだと思う。

「古い本を捨てればいいってだけの話なんじゃねえのか？」

「それは駄目。この部屋に置いてあるのは、僕が読んで気に入ったものばかりなんだ。知ってるでしょ、僕は好きなものは手元にずっと置いておく主義なんだよ」

「いつか本に埋もれて死んでも知らねえぞ」

「ええ、そのときはちゃんと掘り出してほしいなあ」

健司は普段、ほとんど本を読まない。だから、彰良の気持ちはあまりわからない。

とはいえ、彰良に車の運転を禁じたのは健司だ。その際、車が必要なときは自分が運転すると約束してしまった。

ワイングラスを口に運びつつ、健司は言う。

「わかった。じゃあ、次の休みな」

「わーい、ありがとう！　ついでに組み立ても手伝ってくれると嬉《うれ》しいな！」

「端《はな》からそのつもりだっただろうが。……おい、お前も来るか？　イケアでソフトクリーム奢《おご》ってやるぞ、五十円のやつ」

「いりません、甘いもの苦手なので。ていうか、さりげなく俺を本棚の組み立て要員にしようとしないでくださいよ」

黙々と今度はサラダを口に運んでいた深町に声をかけてみたら、きっぱり断られた。いい読みだ。

――だが、しかし。

次の休み、と気安く言いはしたが、これは健司の仕事においてはあまり保証のない言葉だったりする。

何しろ刑事という職業は、事件があれば基本的に休み返上で働くことになる。公務員だから土日祝日は休みというのはあくまで建前でしかなく、現実はなかなかそうはいかない。そして、事件は絶え間なく起こる。毎日のようにどこかで誰かが傷つけられ、襲われ、殺されている。東京という街は、別に安全でもなければ平和でもないのだ。

決して楽しい仕事ではない。吐き気のするような光景を山ほど見て、どうにか犯人を捕まえて、けれどそれで胸のすくような結末を迎える事件などないに等しい。

刑事になってすぐの頃に年嵩《としかさ》の刑事から言われた言葉を、健司は今でも覚えている。

『いいか。この仕事は、ありとあらゆる意味で割に合わない。事件のために流された血と涙に見合うだけの成果が上がることなんざ、あるわけないと思え』

それでも、その血と涙がなぜ流されなければならなかったのかを突き止めることには意味があると――彼は、そう言った。

たとえそれがクソほどつまらない理由であったとしてもだ。

『それが嫌なら、刑事なんざとっとと辞めちまえ。辞める気がないなら、せめてこれ以上血も涙も流れないようにするために、精一杯動け』

俺達の仕事ってのはそういうものだと、そう話した彼の表情はひどく苦いものだった。

確かに、そう思わなければやりきれないことが多すぎるのも事実だった。

それでも、刑事の仕事自体は、自分の性に合っていると健司は思う。

一般企業で働くよりも、ずっと適性はあるだろう。祖父が元警察官だったこともあり、大学卒業後の進路として警察官を挙げても、身内は誰も反対しなかった。……ただ一人、彰良だけは、警察学校に進むと告げたときに、やや複雑そうな顔をしたけれど。

――『悪い。当分休みは取れそうもない』。

そうメールを送ったら、彰良からは『別に本棚は急がないから大丈夫だよ』と返事があった。『忙しくても、ちゃんと栄養と睡眠はとるんだよ』という言葉と共に、簡単な近況報告もついてきた。彰良は彰良で、研究や大学の仕事で忙しくしているらしい。

夏の一件のことを考えると、あまり彰良を放置しておくのも不安ではあった。

だが——幸いなことに、彰良の傍には、今は深町がいる。

体力や腕力の面からすればだいぶ心許《こころもと》ないが、それでも深町を彰良の近くに置いておくことは、彰良のために良いことだという気がしていた。深町に対しては、巻き込んでしまって申し訳ないと思わなくもないが——それでも、深町にとっても、彰良の傍にいるのは決して悪いことではないはずだ。この一年ほどの間に、深町の顔つきはだいぶ変わった。前は今よりもっと拗《す》ねた顔をしたガキだった。

……とはいえ、あの二人だけにしておいていいかというと、それもそれで駄目な気がするから困る。

あの長野の山中で、あの二人だけふっと消えた瞬間の恐怖といったらなかった。

あの二人には、同種の危うさがある。

現実から片足だけはみ出したような、こちらが目を離した隙にどこか知らないところへ二人ともが消えてしまいそうな——そんな危うさだ。

そうならないようにせめて目を配っていたいが、なかなかそうもいかない。近頃は深町ともたまに連絡を取り合っているものの、何やら向こうもごたついているようで、気にはなっている。いっそ体が二つ欲しい。
——そんなことを考えていたら、頭の片隅で、女が笑った。
『苦労性だね』
江《え》の島《しま》で会った、あの奇妙な女。確か、名前は沙絵《さえ》といったか。
『人間、やれることには限界があるんだからね。あっちもこっちも全部なんとかすると
か、それ無理だから』
本当かどうかもわからない手相占いで、あの女は健司に向かってそんなことを言った。
図星すぎて反論できなかった。
……仕方ないじゃないかと思う。
いくら幼馴染《おさななじみ》とはいえ過保護すぎないかとよく言われるが、実際あの幼馴染は色々と
厄介な事情を抱えているし、放っておけば何をやらかすかわからない奴なのだ。
ようやく仕事が落ち着いてきた頃には、もう十月に入っていた。
溜《た》まりまくった書類仕事をどうにか片付けて、さあ帰ろうかと席を立ったところで腹
が鳴る。時計を見ると、ちょうど夕食時だった。我ながら正確な腹時計だと思う。
すぐ横の席の先輩刑事が、笑ってこちらを見た。
「ひさしぶりにメシでも行くか？　ちょっと待ってろ、こっちももう終わる」
「ああ、いや、いいですよ。橋爪《はしづめ》さん、最近子供の寝顔しか見てないって言ってたじゃ

ないですか。今から帰れば、お子さんの風呂《ふろ》の時間に間に合うんじゃないですか？」

そう言ったら、すまんな、と返された。お先です、と言って健司は職場を後にする。

こんな時間に帰れるのも随分と久しぶりだ。

本庁のビルを出ると、思いのほか冷えた風が頬をなでた。そうかもう秋なんだなと、ぼんやり思う。近頃ますます時間の流れるのを速く感じる。年をとったせいかな、とも思うし、単に忙しいのが悪い気もする。

とりあえず帰る前にどこかで何か食べよう。ぐうとまた鳴った腹をなだめつつ、そう思ったときだった。

「あれっ、佐々倉さんだー。どーも、おひさしぶりです」

横合いから、そんな声をかけられた。

見ると、長身の若い男がこちらに歩み寄ってくるところだった。

「林原《はやしばら》か。お前も今帰りか？」

「ええ、なんとか書類が片付きまして」

「俺もだ」

「あはは、佐々倉さん、目がショボショボしてますよ。デスクワーク苦手なんでしたっけ、お疲れ様です」

そう言って、林原夏樹《なつき》が笑う。

目鼻立ちのはっきりした顔は見ようによってはハンサムと言われる部類なのだろうが、

全体に漂う雰囲気がどうにも人懐こいため、愛嬌《あいきょう》があるという言葉の方がしっくりくる。体格的には健司とほとんど変わらないのに、さほどの威圧感もないのはそのせいだろう。どこぞの企業の営業職と言われたら素直に納得できそうな風情だが、これでもこの男は健司と同じ警視庁捜査一課の刑事だ。

同じ一課なのに久しぶりという言葉が出る理由は、林原が所属している係にある。

少々――というか、かなり特殊な係なのだ。

そのため、林原は通常の事件捜査には加わらないことが多い。

「佐々倉さん、せっかくだからメシ行きませんか？　たまには一緒に飲みましょーよ。うちの係、係長と二人きりだから、職場でのそういう交流に飢えてるんです俺」

「係長と行けばいいだろ」

「嫌ですよ、勘弁してください」

林原がいかにもうんざりだという感じに顔をしかめる。まあ、気持ちはわかる。林原曰《いわ》くの『係長』は、健司も苦手とする人物だ。

二人で近くの居酒屋に入った。酒と料理を頼み、雑談を交わす。

林原が今の係に引き抜かれる前、まだ通常の捜査一課の刑事として働いていた頃には、班は違ったが、それなりに交流はあったのだ。誰にでも懐く林原のことを、健司も結構可愛がっていた。

適当に選んだ居酒屋は、適度に混んでいた。客同士の話し声、注文に応じる店員達の声、皿が触れ合う音、店内は賑《にぎ》やかな喧騒《けんそう》で満ちている。だが、それは決して不快ではなく、むしろ温かな人の気配として感じられて、ほっとした気分になる。

知らない誰かと誰かが笑い交わす声を聞きながら、健司と林原はグラスを傾け、温かい食事を腹に入れ、どうでもいい話をする。こういうときの会話はくだらない方がいいのだ。たとえば、お互い知っている古参の刑事の鼻毛が、近頃ちょっとどうだろうと思うレベルでのびている話。はたして注意すべきなのかどうか。年下の立場からは言いづらいが彼の上司に申告するのも気が引けると林原が話し、健司は放っておけと諭す。鼻毛がのびていようが、あの人は刑事としては優秀だと。林原はそうですねとうなずきつつも、たとえば聞き込みの際に一般市民がそれを気にして証言が曖昧になったらどうするんですと問題提起する。三週間前の午後三時四十分頃の記憶を掘り起こしてもらいたいのに、目の前の刑事の鼻毛が出まくっていたら、気が散って思い出せないのではないかと。それは確かに困るなと健司が言うと、林原はそうでしょうそうでしょうとうなずく。そんな馬鹿馬鹿しい会話も、店内の喧騒に自然と混ざり込んで消えていく。それが妙に心地好《ここちよ》くて、健司はどうでもいい雑談を続ける。

——けれど、そんな中身のない会話の行方が急に怪しくなったのは、店に入ってから一時間ほど経った頃だった。

何気ない口調で、林原がこう言ったのだ。

「あ、そういえば佐々倉さん。ちょっと前に江の島に人魚が出た話、知ってます？」

「……ああ」

林原の言葉に、健司は口に運びかけていたグラスを止めてうなずいた。知ってるも何も、彰良が調べに行くのに同行したのだ。

林原はうわあという感じに顔をしかめて、

「そっかー、やっぱあの話、結構広まってたんですねー……最初はスポーツ紙に載ったいかにもな眉唾《まゆつば》記事でしたけど、その後で若い子を中心にSNSで広まりましたからね。とはいえ、佐々倉さんでも知ってるレベルってなるとなあ……結構ヤバいな」

そう言って、林原が軽く頭を抱える。

林原のグラスにビールを注ぎ足してやると、林原は「ありがとうございます」と言って顔を上げ、

「けど、意外ですね。佐々倉さんって、あの手のネット上の噂には全然無関心って感じしますけど」

「……いや、俺の場合は、知り合いから聞いた」

「ああ、そうだったんですか。――その知り合いって、青和大の高槻准教授ですか？」

ふいに林原の口から出た名前に、健司は今度は箸《はし》を止めた。

すぐ近くのテーブルで、どっと笑い声が上がる。新しく入ってきた客に向かって、店員達が独特の節回しでいらっしゃいませと唱和する。そんな店の喧騒が急にボリュームを増したように思える。健司と林原のテーブルに、真空のような沈黙が落ちたからだ。

じろりと、健司は林原を睨《にら》む。

「……何で知ってる？」

「幼馴染なんでしたっけ、佐々倉さんとは」

林原は動じた様子もなく、軟骨の唐揚げを箸でつまみ上げてひょいと口に入れる。

愚問とわかっていながら、健司はもう一度同じ問いを繰り返す。

「何で知ってる？」

「そりゃまあ、業務上の理由からに決まってますよね」

こりこりと音をさせながら軟骨を嚙み砕き、林原が言う。人懐こい雰囲気はそのままだが、どこか読めない瞳をしていた。

江の島の人魚騒動の顚末《てんまつ》については、あの後で彰良から聞いている。海の中に見かけた、本物の人魚と思《おぼ》しき女。そして、レストランにあった古い写真に、沙絵の姿が写っていたこと。……そのときはまさかと笑って聞いていたが、林原がこの件について口にする以上、やはりそうなのだ。

あのとき彰良は、本物の怪異を引き当てていたのだ。

――警視庁捜査一課には、公にはされていない特殊な係が幾つかある。

そのうちの一つが、林原の所属先だ。

異質事件捜査係。

略して異捜《いそう》と呼ばれるその係が担当するのは――人ならざるものが起こした事件。

日々起こる事件の中には、たまにあるのだ。

そういうものが。

異捜のことは彰良には言っていない。守秘義務の問題も勿論《もちろん》あるが、本物の怪異を求めてやまないあの男に教えるわけにはいかなかったのだ。言えば、必ず彰良は食いついてくるだろう。

だが、異捜に彰良を近づけるのはまずい。

異捜の頭を張っている人物は、裏では警視庁一やばいと言われている男なのだ。

「佐々倉さん、高槻先生と江の島に行きましたよね。そこで女の人に会いませんでした？　髪が長くて、笑顔がこう、なんていうかにぱっとした感じの美人で——たぶん、海野《うみの》沙絵って名乗ってたはずなんですけど」

相変わらず読めない表情のまま、林原が言う。

健司は答えない。

だが、その沈黙を肯定と受け取って、林原は話を進める。

「あと、長野でも会いませんでした？　沙絵さんに」

健司は林原を睨んだまま、沈黙を続ける。林原の言葉と態度に意識を集中する。異捜が彰良のことをどこまで知っているのか、その程度を測る必要があった。はたして異捜は、彰良をどういう対象として認識しているのか。

林原は「そんな怖い顔で睨まないでくださいよ」とおどけた口調で言ってから、言葉を続けた。

「沙絵さんねえ、今ちょっと所在不明なんです。うちとしては一応、ああいう『ひと』達の所在はつかんでおきたいんですけど、彼女、もともと自由な性格らしいからなー。昔から旅暮らしが好きだったみたいだし、今回もどこかその辺をぶらぶらしてるんじゃないかと思うんですけどね。どうも高槻先生にご執心のようだから、そのうちまた近くに現れるような気がしてて。もし会ったら、念のため俺に連絡するよう言っといてくれます？　係長がうるさいんですよ、そういうの」

へらりと笑って、林原は財布を取り出した。

半額分の代金をテーブルに置きながら、健司の目を真っ直ぐ見て言う。

「あと、もう一つ。高槻先生に、それとなく釘《くぎ》を刺すことってできますか？——あんまりこっちの方に首を突っ込まない方が無難ですよって」

その目を見返しながら、健司は幾つかのことを理解する。

まず——今のが、林原の今日の本題だ。

林原は、これを言うために健司を飲みに誘ったのだ。

最初からおかしいとは思っていたのだ。林原が声をかけてきたタイミング。いかにもたまたまという感じを装ってはいたが、少々できすぎていた。人懐こく気安い雰囲気のせいで刑事らしさのない男だが、その実、林原はかなり優秀だ。だからこそ、今の係に引き抜かれた。

そして、彰良に対して釘を刺すことが目的だったのであれば――異捜は彰良のことを、今のところは単に『厄介な研究者』あるいは『警戒対象』として見ているということになる。……それなら、別にかまわない。

健司は口を開いた。

「……あいつは、俺が言って聞くような奴じゃない」

林原が軽く肩をすくめてみせる。その顔を見て、こいつは彰良がどういう性格の奴なのかもある程度把握しているのかもしれないなと健司は思う。まさか接触しているわけはないと思うが。

林原が立ち上がった。

「それじゃ、俺、お先に失礼します。最後に変な話してすみませんでした。次はそういうのなしで飲みましょーね、佐々倉さん」

ぺこりと頭を下げて、立ち去ろうとする。

その背中に向かって、健司は声をかけた。

「……なあ。林原」

林原が足を止める。

がやがやとした居酒屋の喧騒にまぎれる寸前くらいの声で、健司は尋ねた。

「お前に訊《き》いたら、彰良に昔起こったことが何だったのかもわかるのか？」

林原が振り返った。

「……俺は何も知らないですよ」

少しだけ眉《まゆ》をひそめるようにして、林原が言う。

嘘じゃなさそうだな、と健司は思う。たぶん林原は、本当に知らない。

だが、林原の上司は知っているかもしれない。……もし本当に彰良が巻き込まれたのがそういう事件だったのだとしたら、という話だが。

林原が続ける。

「ていうか、知ってたとしても教えられませんって。うちの守秘義務、同じ警察官相手でも発生するんで。——まあ、佐々倉さんがいっそうちに来てくれるんなら、守秘義務も何もなくなりますけどね!」

「断る」

「きっぱり言いますねー……やっぱうちの上司のせいですかね、それ」

林原が苦笑する。

それじゃまたと再度頭を下げて去っていく林原を今度こそ見送り、健司はため息を吐いた。

異捜が彰良を『警戒対象』と認識しているということは、彰良は江の島や長野の後も、本物を引き当て続けているということなのかもしれない。

顔をしかめて口に運んだビールはさっきよりも苦く感じて、健司はグラスを置きながら小さく舌打ちした。

その週の週末は休みが取れそうだったので、彰良に連絡してみたら、『じゃあ本棚を買いに行こう！』と浮かれた調子の返信があった。やはりどうしても本棚が欲しいらしい。『この前深町くんと浅草《あさくさ》に行ったから、お土産をあげるね』とも書いてあった。浅草行きが遊びか調査かは知らないが、できればそこでまで本物を引き当てていないでくれよと健司は思う。

そして、当日の朝。

溜《た》まっていた洗濯物を片付け、そろそろ彰良のマンションまで迎えに行こうかと思っていたところで、スマホが震えた。

彰良からのメールだった。

『ごめん。急な用事が入った。本棚を買いに行くのはまた今度でもいいかな』

用事が入ったなら仕方ない。すぐに『わかった』と返事をしかけて、健司ははたと手を止めた。

スマホの画面を見つめて、妙だ、と思う。

当日に関わる連絡なら、普段の彰良ならメールではなく電話を選ぶはずだ。その方が確実に相手と連絡が取れる。なのに、今日に限ってなぜメールなのか。

眉間《みけん》に皺《しわ》を寄せ、健司は迷わず彰良に電話をかけた。

数度のコールの後に、彰良が電話に出る。

『……はい、もしもし？』

その声を聞いたら、謎はあっさり解けた。

健司は盛大なため息を吐いた。

「風邪か」

『……はは、ばれた』

かすれた声で笑った後、彰良が咳《せき》をした。

『最近急に気温が下がってきたじゃない？　それで油断したみたいで』

「熱は？」

『大したことないよ』

「何度だ」

『……三十八度ちょっと』

彰良の答えに、健司はもう一度ため息を吐く。

普段から手のかかるこの幼馴染《おさななじみ》は、肝心なときに弱みを隠す癖がある。たぶん熱も、本当はもう少し高いのだろう。

車の鍵を取り上げながら、健司は言う。

「今から行く」

『え、いいよ。せっかくの休みなんだしさ。薬もレトルトのお粥《かゆ》もあるから、大丈夫。それに今回は、本当に普通の風邪だから、そんなに心配しなくて平気だよ。長野から帰ってきたときのとは、違う』

「咳《せ》き込みながら延々喋《しゃべ》るな。何か欲しいものは？」

『……………イケアのソフトクリーム、食べたかったなあ』

「わかった、アイスな」

『……ごめんね？』

「今更だ」

『近頃僕に対して皆そう言うんだけど、何でだろう』

「今更だからだろ」

顔をしかめてそう言って、通話を切る。

何のアイスがいいのか訊くのを忘れたことに気づいたのは、車に乗り込んでからだった。まあ、適当に買っていけばいいだろう。

彰良のマンションに着き、一階のインターホンを押すと、エントランスのドアが開いた。そのままエレベーターで四階に上がり、今度は彰良の部屋のインターホンを押す。

「……あはは。ごめんね、わざわざ来てもらって」

扉を開けた彰良は、いかにも風邪だという感じの赤い顔をしていた。

くしゃくしゃのパジャマの上にカーディガンを羽織り、髪には寝癖がついている。マスクを着けているのは、せめて健司にうつさないようにという配慮だろう。彰良の大学の学生達にこの格好を見せたら何て言うんだろうな、と健司は思う。いつもの紳士ぶりが見る影もない。

「とりあえずお前はベッドに戻れ」

「え、アイスは？」

「ベッドで食え」

　ぐるりと彰良を回れ右させて背中を押し、寝室に押し込む。基本的に体は丈夫な奴なのだが、たまに体調を崩すと景気よく熱を出すのは子供の頃から変わらない。

　素直にベッドに横になった彰良の前に、アイスの入ったレジ袋をぶら下げる。

「ジャイアントコーンと、クーリッシュと、雪見だいふくと、ジャージー牛乳ソフト。どれにする？」

「うーん、悩むね……でも今は、クーリッシュが食べやすそうでいいかな」

　彰良が言った。

　ゼリー飲料的なパッケージに入った柔らかめのアイスは、飲み物のように吸って食べられるのが特徴だ。横になったままでも食べやすい。熱が高いならそういうものの方がいいもしれないと思って選んできたが、正しかったようだ。袋から出して渡してやると、彰良は氷嚢《ひょうのう》代わりに額に載せた。

「あ、冷たくて気持ちいい……」

「あんまりやると完全に溶けるぞ」

「うん、ほどほどに柔らかい方が吸いやすいかなと思って」

額から下ろして軽くパッケージの上から揉《も》み、彰良が吸い口の蓋《ふた》を開けようとする。あまり手に力が入らないのか、なかなか開かない。健司が代わりに開けてやると、彰良は赤い顔で「ありがとう」と笑った。

高校時代をイギリスの叔父《おじ》のもとで過ごした彰良は、大学入学に合わせて帰国し、それ以来ずっと一人暮らしだ。金銭的な援助は十二分に受けていたが、それ以外では一切実家を頼らなかったし、頼れなかった。体調を崩したときには、いつも健司が様子を見に来ていたのだ。

「いつから寝込んでるんだ？」

「昨夜……最初はそんなでもなかったんだけど、夜中の間に熱が上がっちゃってさ」

「メシは？　食えてるのか」

「昨夜は食べたよ。……今朝はまだ」

「とりあえず今はそれ食って寝ろ」

「うん」

マスクをずらしてアイスの吸い口をくわえ、彰良がうなずく。

水が欲しいと言うので、キッチンに行ってグラスに汲《く》んで戻ると、彰良はベッドに身を起こして咳き込んでいた。

「大丈夫か？」

「うん。……風邪ひくのひさしぶりだなあ。深町くんに言ったら、呆《あき》れられそう。前に雪の中で滝から落ちても風邪ひかなかったのにどうして、ってさ」

「そんなもん、ひくときはひくし、ひかないときはひかねえってだけだろ。体力落ちてんじゃねえのか？」

「う。年かなあ、僕も」

グラスを受け取り、彰良が顔をしかめる。その見た目で言われてもなと健司は思う。

水を飲み、再びベッドに横になった彰良の額に手を当ててみる。やっぱり熱はかなり高そうだ。

「薬は？」

「朝飲んだ」

「じゃあ寝ろ」

「うん。……健ちゃんは？」

「向こうの部屋にいる。何かあったら呼べ。あ、ジャイアントコーンは俺が食うが、いいな？」

「うん。……あ、そうだ、リビングのテーブルの上にね、浅草のお土産置いてあるから。食べていいよ」

「わかった」

「……あのさ」

「何だ」

彰良は一度口を開きかけ、何か言い淀《よど》むようにまた唇を閉じた。目を伏せ、すぐに再び健司を見上げて、ひどく申し訳なさそうな顔をする。

「……今日は本当にごめんね。休みの日にこんな用事で来させちゃって」

「気にすんな。どうせ休みの日は基本家で寝てる。寝る場所が変わるだけのことだ」

「うん、うちのソファでよかったら、好きなだけ寝ていって。……健ちゃんも、随分疲れた顔してるよ」

「そうか？　近頃忙しかったからな」

「刑事さんだもんねえ……忙しいよね」

彰良がまた咳き込んだ。目つきも少しぼんやりしてきている。あまり喋らせない方がいい気がして、健司はベッドから離れた。

健司が寝室の扉に手をかけたときだった。

「……あのさ」

彰良がまた口を開いた。

振り返ると、彰良は布団の中に埋もれながら、ぼうっとこちらを見ていた。

熱で赤いその顔はなぜだか妙に幼く見えて、健司は子供の頃のことを思い出す。

いつだったか、彰良が風邪をひいて遊びに来られなかったとき、見舞いに行ったことがあった。まだ小学生だった頃の話だ。彰良の傍には彰良の母親がいて、甲斐甲斐《かいがい》しく看病していた。……まだ彰良の家が壊れてしまう前の話だ。

「どうした？」

健司は彰良の枕元まで戻り、尋ねた。

頭痛がひどいのか、彰良は額に手を当てながら、健司を見上げる。

「あのさ……前からずっと訊《き》こうと思ってたんだけど」

「何だ」

「健ちゃんが警察官になったのはさ。……それは」

「それは、僕のせいだった？」

かすれた、小さな声だった。

「――……」

熱でうかされたその瞳《ひとみ》を見下ろし、健司は一度口を閉じる。

それから、わざと鼻で笑って、こう言った。

「考えすぎだ、馬鹿」

「……そうかな」

「知ってんだろ、うちのじいさんが元警察官だった。だから小さい頃から憧《あこが》れてたんだよ。お前のことは、関係ない」

「……そう」

「熱で頭沸いてんじゃねえのか。いいから早く寝ろ」

「……うん」

もそもそと、彰良が布団をかぶる。

布団の中から小さく響く咳《せき》の音を聞きながら、健司は寝室を出た。

キッチンに行き、少し迷ってから結局アイスを残らず冷凍庫に放り込んで、リビングのソファに腰を下ろす。

……ここに深町がいなくてよかったな、と思った。

もしいたら、たぶんあいつは耳を押さえていたことだろう。

深町の前では、彰良も健司も嘘を言わないようにしている。嘘の声を聞くのは深町の負担になるから、これ以上あいつを苦しめないために注意している。

でも、深町のいない場所では、自分達はこうやって小さな嘘を積み重ねているのだ。相手にそれが嘘だとばれているのは百も承知で、それでも本当のことを口にするのは嫌で、事実と違うことを言う。

十二歳のとき、彰良が消えた。

彰良の親は必死になって彰良を捜した。特に母親の方は半狂乱だった。それは、傍で見ていて痛々しいほどだった。

そして健司もまた、必死に彰良を捜した。

家出するような奴じゃないのはよく知っていたから、きっと彰良の身に何か起こったのだと思っていた。

マスコミは彰良の失踪《しっそう》を『神隠し』だと書き立てた。

もしそうなら彰良を返してくれと、何とも知れぬ神に健司は祈った。

それから一か月して、彰良は随分と遠い場所で見つかった。きっと怪我はしていたけれど、命に別状はない。そう聞かされて、健司は心底ほっとした。きっとすごく大変な目に遭ったのだろうけれど、でも戻ってきてくれたんだからもう大丈夫だと思った。

だが、それからゆっくりと時間をかけて、彰良の家はどんどんおかしなことになっていった。それは健司の目から見てもはっきりとわかった。その原因が、彰良の神隠しにあることも。

中学のとき、一度だけ、自分の両親に「彰良をうちで引き取れないか」と相談したことがある。勿論《もちろん》両親には無理だと言われたが、本気でそうした方がいいと思うくらいには、彰良はあの家で不幸なことになっていた。

だから、彰良がイギリスに行くと聞いたときには、健司は少しほっとした。彰良が遠くに行くのは寂しかったが、あのままあの家に彰良を置いておくよりはきっとましだと思ったのだ。

夏休みになって遊びに行った彰良の叔父《おじ》の家は、誰も彼もが明るく楽しくいい人達で、ああここでなら彰良は大丈夫だと素直に思えた。それは、その次の夏にまた遊びに行ったときに、彰良の背丈が格段にのびていたことからもよくわかった。彰良はイギリスで随分とのびのび暮らしているらしい。……実のところ、もしや追い抜かされるかと思って、あのときは内心かなり焦ったものだった。日本に帰ってから毎日牛乳を飲みまくっていたというのは、今も彰良には言っていない秘密の話である。

そのままイギリスでずっと暮らし続けるのかなと思っていた彰良は、しかし三年で戻ってきた。

実家ではなく、一人でマンション暮らしを始めたと聞いて、全て吹っ切って心機一転好きなことでも始めるのかと思っていた。

……違っていた。

戻ってきた彰良が大学で学び始めたのは、民俗学だった。

それは別にかまわない。好きなものを学べばいいとは思う。

だが、それと同時に彰良が始めたのは、怪異話の収集と調査だった。

何でそんなものを、と彰良に尋ねたことがある。

彰良は言った。

『僕は知りたいんだよ。この世の中に本物の怪異があるのかどうかをね』

『だって、もし本物の怪異があるのなら、神隠しだって現実に起こりうることなのかもしれないでしょう？』

『でも、神隠しという名前で呼ばれる現象の裏には、単なる誘拐みたいな犯罪が隠れていることもある』

『知りたいんだ。僕にかつて起きた出来事が、怪異なのか、人為なのかをね』

知ってどうするんだ、と健司は尋ねた。

彰良はにっこり笑って答えた。

『怪異なら、それが起こる仕組みを知りたい。なぜ僕がそれに巻き込まれたのかを解き明かしたい。そして——もしも人為なら、僕は必ず犯人を突き止める。決してそいつを許さない』

天使のような笑顔の中で、瞳だけがぞっとするほど暗い光を浮かべていた。

そのとき健司は思い知ったのだ。

彰良が何一つ吹っ切ってなどいないこと。何も諦《あきら》めてなどいないこと。

そしてそのために、どんな無茶でもやろうとしていること。

たぶんこのときだ。健司が警察官になることを決めたのは。

彰良が突き止めようとしている真実が人為だった場合に、太刀打ちできる手段が欲しかった。

けれど、そうして入った警察で、健司は異捜の存在を知った。

直接異捜と関わることは滅多になかったが、それでも異捜が扱う案件がどんなものかは、人づてに伝わってきた。

異捜が存在するということは、この世に本物の怪異が存在するということの証明に他ならない。彰良が求めている答えの一つだ。

だが、それを彰良には言えなかった。

——彰良の中には、もう一人、彰良ではない何かがいる。

あの『もう一人の彰良』と健司が会ったことは、数えるほどしかない。だが、そのときに感じた寒気のするような恐怖は忘れがたい。あの青い瞳の彰良は何かとても恐ろしいものだと、本能的にそう悟った。

あれの正体が、異捜が扱うようなものだったとして——もし異捜にそれがばれたら、彰良はどうなるのだろう。

林原はいい。あいつは仕事熱心だが、いい奴だ。あいつなら彰良を悪いようにはしないだろう。

だが、林原の上司の、山路《やまじ》という男は違う。

腹の中で何を考えてるかわからない男だ。彰良にたまにちょっかいをかけてくる父親の秘書に少し似ているが、あれよりはるかにやばいにおいのする奴だ。絶対に、山路を彰良に近づけるわけにはいかない。

何より——彰良にかつて起きた出来事が異捜案件だったとしたら、とても健司の手には負えないのだ。

そんなものに彰良を立ち向かわせたくはない。もうこの辺りで手を引いてしまえと言いたくてたまらない。

でも、彰良はたぶん、真実を知るまで止まらない。いや、止まれないという方が正しいのかもしれない。

……刑事になりたての頃に聞いた言葉を思い出す。

『事件のために流された血と涙に見合うだけの成果が上がることなんざ、あるわけないと思え』

彰良の過去の真実を突き止めたところで、彰良が流した血も、彰良とその家族が流した涙も、何一つ取り戻すことはできないだろう。

時間が巻き戻ることは決してないし、一度壊れたものは完全には戻らない。残酷な話だが、それが現実だ。

それでもなお、その血と涙が流されなければならなかった理由を突き止めることには意味があると──あの刑事は、今でもそう言ってくれるだろうか。わからない。

わからないが──健司は、もはや真実を知ることが怖くなってきている。

彰良が己の過去の出来事について知ったとき、何かが起こりそうで恐ろしいのだ。

今の健司にできるのは、彰良があまり危険なことに首を突っ込まないように見張ることと。それでもなお突っ込むようなら、全力で引き戻すなり守るなりすることくらいだ。

「……くそ」

舌打ちしてそう吐き捨て、健司はぐしゃぐしゃと前髪をかき回した。やめだやめ、と胸の中で呟《つぶや》く。これはかりは考えてもろくなことにはならない。そろそろ腹も空いてきた。何か食べて、それからしばらく寝ようと思う。

はたして彰良はキッチンに食料を置いているだろうか。料理自体は上手《うま》いくせに、彰良は自分のためだけに料理をするのがあまり好きではないのだ。

料理を覚えたイギリスでの暮らしが、なまじ何人もの同居人に囲まれた賑《にぎ》やかなものであったために、一人だけで料理をして食べるというのが余計に寂しく思えて嫌なのだろう。六月に来日した叔父の渉《わたる》が叱り飛ばすまで、彰良の家の冷蔵庫はいつ覗《のぞ》いてもほぼ空に近い状態だった。

とりあえず冷蔵庫の中を見てみようと立ち上がりかけたとき、リビングのテーブルに置かれたものが目に入った。

紙袋だ。そういえば、さっき彰良が浅草土産がどうのこうのと言っていた。食べていいという話だったからには、中身は食べ物なのだろう。

紙袋を引き寄せて中を覗き——何だこれ、と健司は思わず中身を取り出した。

袋詰めされた煎餅《せんべい》だった。

だが、おかしい。何故にこの煎餅は、こんなにも赤いのか。

よく見れば、その赤いものが分厚くまぶされた唐辛子であることがわかる。パッケージにも「激辛」の文字が躍っていた。よりにもよってこれを土産に買ってくるかあいつ、と思わず健司は寝室の方を振り返る。なんて恐ろしい奴だ。

しかし、眺めているうちに、健司の中で好奇心が頭をもたげた。

辛みのついた煎餅なら食べたことがあるが、このレベルで赤唐辛子をまぶした煎餅というのはまだ口に入れたことがない。恐る恐るパッケージを破き、一枚取り出して、ためつすがめつ眺めてみる。つまんだだけで指先が染まるほどに赤いのは、さすがにやばいのではないかと思う。

が、結局、理性が好奇心に負けた。

一枚取り出し、齧《かじ》ってみる。

「……!!」

口に入れた瞬間に感じたのは、辛みではなくもはや痛みだった。唇に刺すような刺激が走る。煎餅の欠片《かけら》を載せた舌は、それを「辛い」ではなく「熱い」と感じる。これ以上口の中に入れておいたら惨事が広がるだけのような気がして、気合で呑《の》み下す。途端に喉《のど》から食道にかけてが、強い酒でも飲んだようにカッと熱くなった。おいちょっと待てもはやこれはただの劇物なんじゃないのかと、呑み下したことを後悔する。唐辛子がこびりついたままの唇が、やたらとひりひりして痛い。

「……っ彰良！　てめえ、何買ってきてんだ馬鹿野郎！」

思わず寝室の扉に向けて怒鳴ったら、扉越しに笑い声と咳《せ》き込む音が聞こえた。幾つになっても子供じみた悪戯《いたずら》をする幼馴染《おさななじみ》で本当に困る。

――大きな鳥の羽音を聞いた気がした。

彰良はびくりとして目を開いた。

布団を跳ねのけるようにして身を起こし、ベランダに面したガラス戸の方に目を向ける。だが、そこには鳥の姿など影も形もなく、静かに暮れていく空ばかりが見える。

なんだ夢か、と思う。

けれど、覚えているのは羽音だけだった。他は何一つ記憶に残っていない。大きく息を吐き出すと、少し咳《せき》が出た。随分と汗をかいている。眠りに落ちたのはたぶん昼前頃だったはずだから、結構な時間眠り続けていたらしい。

でも、眠る前に比べると格段に体が楽になっているような気がして、彰良は枕元に置いていた体温計を手に取った。計ってみると、朝の時点で三十九度近かった熱が、微熱と言えるレベルにまで下がっている。これなら、あと一日大人しくしていたら、週明けから大学に行っても問題なさそうだ。

ゆっくりとベッドから足を下ろし、立ち上がる。少しふらつく感じはしたが、大丈夫そうだ。

明かりを点《つ》けるのが面倒な気がして、薄暗い部屋の中をそのままクローゼットに向かって歩く。汗で湿ったパジャマが少し気持ち悪くて、着替えたかった。裸足《はだし》の足裏に、フローリングの床がひやりとした感触を伝える。

クローゼットの前に立ち、扉を開けようとして、彰良は思わず手を止めた。

クローゼットの扉は鏡張りだ。そこに映る自分の姿を、彰良はじっと見つめる。

皺《しわ》だらけのパジャマや乱れた髪よりも、己の頬に一筋残った涙の跡に目が行った。

……一体、何の夢を見ていたのだろう。

いい年をして、みっともないことこの上ない。

パジャマの袖《そで》でごしごしと拭《ぬぐ》って、もう一度鏡を見た。よし、とうなずく。少し赤くなった気もしなくはないが、一応跡は見えなくなったと思う。

それから彰良はあらためて、鏡に映る己の顔を見つめた。

鏡に目を向ける度、つい己の瞳《ひとみ》の色を確かめてしまう自分がいる。

もうずっと前からだ。この瞳が青く変わることがあると初めて指摘されたときから。最初にそれを指摘したのは、当時実家にいた家政婦だったと思う。「どうしたんです、それ」とびっくりした顔で言われて、こちらが驚いた。どうしたと言われてもわからない。彰良自身には何の自覚もないのだから。

青く光って見える。昏い藍色《あいいろ》に見える。まるで夜空のようだ。——多くの人が、彰良の瞳の変色を様々に形容した。しかし、彰良自身は、一度たりとも己の瞳の色が変わる瞬間を見たことがない。こうして鏡を覗くとき、そこに映るのは、いつも焦げ茶色の瞳の自分だけだ。

——自分の中には、どうやらもう一人、別の人格とも呼べるものが存在する。

それが己の中から作り出された別人格なのか、あるいは憑依《ひょうい》現象的な何かなのかはいまだにわからない。だが、どうやらそいつの瞳は青いらしい。

近頃、そのもう一人がやけに幅を利かせるようになってきた。

以前は自分が意識を失っている間にこっそり出てくる程度だったのに、長野では無理矢理意識を奪い取られた。そして先日の浅草ではついに、ごく自然にこちらの意識と入れ替わっていたという。断じて許すまじきことだった。

「……おい」

鏡に向かって低く呼びかける。

「二度と勝手な真似はするな。――これは、僕の体だ」

鏡の中から、焦げ茶色の瞳をした自分が見返してくる。

なんだかとても馬鹿馬鹿しいことをした気がして、彰良は鏡像の自分から目をそらした。クローゼットを開け、着替えを取り出す。

ついでにシャワーを浴びようかと、着替えを持って寝室を出た。

リビングを覗くと、ソファの上で幼馴染が眠っていた。近くに歩み寄ってみても彰良に気づく様子もなく、ぐっすりと眠っている。こちらの部屋も明かりは点いていなかった。陽が落ちるずっと前から、健司も眠っていたのだろう。

幼馴染の目の下に浮かぶ翳《かげ》りのような隈《くま》を見下ろし、可哀想にな、と彰良は思う。随分と疲れているように見える。しばらく連絡も取れなかったから、余程仕事が忙しかったのだろう。

眠る前のやりとりを思い出す。

自分のせいで警察官になったのか、と尋ねたら、この幼馴染は違うと答えた。考えすぎだと。……そう答えるような気がしていたから、ずっと訊《き》けないままでいたのだ。

この幼馴染はとても優しいから。

自分はいつも、そういう優しい人達に甘えて生きている。

健司。渉。渉のアパートメントの住人達。大学の研究室の子達。……そして、あの子もだ。あの眼鏡をかけた孤独な子。

深町尚哉のことを思うと、近頃は少しばかり胸が痛む。

最初にあの子に目を留めたのは、あの子が自分と同種の人間のような気がしたからだ。本物の怪異と出会い、それによって人生を狂わされた人間。現実と異界の狭間《はざま》を歩くしかなくなった者。

まるで昔の自分を見ているような気になったのだ。

そして、放っておけなくなった。

だって、あの子の周りには、誰もいなかったから。

優しい幼馴染も、守ってくれる叔父《おじ》も、あの子にはいなかった。自分の周りにきっぱりと世界を隔てる線を引き、その中から出てくることを頑《かたく》なに拒んでいるように見えた。

でも、そんな風ではあの子はいずれ生きていけなくなる。落ちてはいけないところまで転がり落ちてしまう。そんな気がしたのだ。

……とはいえ勿論《もちろん》、深町を手元に置きたいと思ったのは、それだけが理由ではない。

あの子が異界を体験したことのある人間なら、いずれあの子を通して再び異界に接触できるかもと思ったのだ。

しかし、それは決して安全な行為ではなかった。

自分はそれにあの子を巻き込んだ。

そして、この先も巻き込み続けるつもりでいる。

深町は、「今更だ」といつも言う。

その通りなのだとは思う。最初からあの子を巻き込んでおいて、今更手放すことなどできるわけもない。だが、あの子がそのことについて何の疑問も抱いていないことに、彰良は良心の呵責《かしゃく》に近いものを覚えてしまう。

そうなるように仕向けたのは自分だとわかってはいるのだけれど。

だって、ひとりぼっちだったあの子は、差しのべられた『同類』からの手を取らざるをえなかっただろうから。

そこに選択の余地などきっとなかったはずだから。

孤独で優しいあの子を巻き込み、強くて優しい幼馴染を巻き込み、傲慢《ごうまん》に自分のエゴを通して、はたしてこの先たどり着く場所はどこになるのだろう。

己の瞼《まぶた》の上に指を滑らせ、彰良は一つ息を吐く。

と、その音が聞こえたかのように、健司が身じろぎした。

目を開ける。

「……おう。起きたか」

「うん。健ちゃんもね」

にこりと笑って健司を見下ろし、彰良は言った。

健司があくびをしながら起き上がる。まだ少し眠そうな目でこちらをじろりと見て、

「体調は？」

「だいぶ良くなった。熱も下がったよ。健ちゃんが買ってきてくれたアイスのおかげかな。汗をかいたから、シャワーを浴びて着替えてくるよ」

「ああ。……メシ、食えそうか？」

「うん、食べられると思う」

「じゃあ、何か作る。……お前、一応料理してるのな。さっき見たら、冷蔵庫にまともな食材があった」

「この前渉おじさんに叱られたからねえ。あと、深町くんにも」

「深町にも？」

「ココアだけで生きようとするなってさ」

「……それは俺でも叱るぞ」

「もうしないってば」

苦笑して、バスルームに向かう。そのついでにリビングの明かりを点けた。白々とした照明が、部屋の中を満たしていた薄闇を一瞬で消し去る。自分の人生もこんな風だったらよかったのに、と彰良は思う。

そうはいかないから、この先も自分は薄闇の世界を突き進んでいくしかないのだろう。

「……彰良。そういえば」

健司が口を開いた。

振り返ると、健司が何かを掲げていた。やけに赤い煎餅《せんべい》ばかりが入った袋。……あ、まずい、と思う。

「お前、この土産は何だ」

「……健ちゃん、辛い物好きだったよなあと思って」

「限度があるだろう！」

「一応試食はしたんだよ？　深町くんと二人で。……死ぬかと思ったけど」

「なおさらなぜ買った⁉」

「深町くんが言ったんだよ、『佐々倉さんのお土産にぜひ』って！」

「あいつ、次会ったらシメる」

「お手柔らかにね？」

「シャワーから出てきたらお前も覚悟しろよ」

「……あははは」

煎餅の袋を握りしめて健司が言うので、彰良は慌ててバスルームに逃げ込んだ。着替えて出てきたら、激辛煎餅を無理矢理口にねじ込まれるくらいのことはありそうだ。まだ一応病人なんだけどなあ、と思ったが、まあそもそも悪いのは自分だ。

ふと見ると、洗面所の鏡に自分が映っていた。

そこに映る自分は、やはり焦げ茶色の瞳《ひとみ》だ。

だが、先程寝室の鏡に見た情けない顔とは違って、楽しげな笑みを浮かべている。

……ああほらやっぱり、自分は周りの優しい人達に生かされている。

そう思う。

怖い夢を見て泣いて起きても、すぐに笑えるのはそのおかげだ。

それなら激辛煎餅の刑くらいは甘んじて受けるべきなのかなと思いつつ、彰良はくすりと小さくまた笑った。

《参考文献》

・『日本現代怪異事典』朝里樹（笠間書院）
・別冊宝島四一五号『現代怪奇解体新書 「怪奇」を遊ぶための完全マニュアル』（宝島社）
・緑青 vol.5『ICHIMATSU 市松人形』（マリア書房）

本書は書き下ろしです。
この作品はフィクションです。実在の人物、
団体等とは一切関係ありません。

准教授《じゅんきょうじゅ》・高槻《たかつき》彰良《あきら》の推察《すいさつ》EX《エクストラ》

澤村《さわむら》御影《みかげ》

令和3年 7月25日　初版発行
令和5年 10月20日　18版発行

発行者●山下直久

発行●株式会社KADOKAWA
〒102-8177　東京都千代田区富士見2-13-3
電話　0570-002-301（ナビダイヤル）

角川文庫 22751

印刷所●株式会社KADOKAWA
製本所●株式会社KADOKAWA

表紙画●和田三造

●お問い合わせ
https://www.kadokawa.co.jp/（「お問い合わせ」へお進みください）
※内容によっては、お答えできない場合があります。
※サポートは日本国内のみとさせていただきます。
※Japanese text only

ISBN 978-4-04-111153-6　C0193

◆◇◇

角川文庫発刊に際して

角川源義

第二次世界大戦の敗北は、軍事力の敗北であった以上に、私たちの若い文化力の敗退であった。私たちの文化が戦争に対して如何に無力であり、単なるあだ花に過ぎなかったかを、私たちは身を以て体験し痛感した。西洋近代文化の摂取にとって、明治以後八十年の歳月は決して短かすぎたとは言えない。にもかかわらず、近代文化の伝統を確立し、自由な批判と柔軟な良識に富む文化層として自らを形成することに私たちは失敗して来た。そしてこれは、各層への文化の普及滲透を任務とする出版人の責任でもあった。

一九四五年以来、私たちは再び振出しに戻り、第一歩から踏み出すことを余儀なくされた。これは大きな不幸ではあるが、反面、これまでの混沌・未熟・歪曲の中にあった我が国の文化に秩序と確たる基礎を齎らすためには絶好の機会でもある。角川書店は、このような祖国の文化的危機にあたり、微力をも顧みず再建の礎石たるべき抱負と決意とをもって出発したが、ここに創立以来の念願を果すべく角川文庫を発刊する。これまで刊行されたあらゆる全集叢書文庫類の長所と短所とを検討し、古今東西の不朽の典籍を、良心的編集のもとに、廉価に、そして書架にふさわしい美本として、多くのひとびとに提供しようとする。しかし私たちは徒らに百科全書的な知識のジレッタントを作ることを目的とせず、あくまで祖国の文化に秩序と再建への道を示し、この文庫を角川書店の栄ある事業として、今後永久に継続発展せしめ、学芸と教養との殿堂として大成せんことを期したい。多くの読書子の愛情ある忠言と支持とによって、この希望と抱負とを完遂せしめられんことを願う。

一九四九年五月三日

憧れの作家は人間じゃありませんでした

澤村御影

極上の仕事×事件(?)コメディ!!

憧れの作家・御崎禅の担当編集になった瀬名あさひ。その際に言い渡された注意事項は「昼間は連絡するな」「銀製品は身につけるな」という奇妙なもの。実は彼の正体は吸血鬼で、人外の存在が起こした事件について、警察に協力しているというのだ。捜査より新作原稿を書いてもらいたいあさひだが、警視庁から様々な事件が持ち込まれる中、御崎禅がなぜ作家になったのかを知ることになる。第2回角川文庫キャラクター小説大賞《大賞》受賞作。

角川文庫のキャラクター文芸

ISBN 978-4-04-105262-4

私立シードゥス学院

小さな紳士の名推理

高里椎奈

仲良しトリオの寄宿学校ミステリ！

選ばれし小紳士達が集う全寮制の学舎、私立シードゥス学院。13歳から17歳までの生徒が5つの寮に分かれ寝食を共にする。《青寮《カエルレウム》》1年生の仲良しトリオ、獅子王《ししおう》・弓削《ゆげ》・日《ひ》辻《つじ》は時に他寮の生徒や上級生と衝突しながらも穏やかな生活を送っていた。しかしある日、宿舎で教師の殺人未遂事件が起こる。上級生の証言により、獅子王に疑いがかけられ——？「何人たりとも、学院の平和を乱す者は許さない」優雅な寄宿学校ミステリ、開幕！

角川文庫のキャラクター文芸

ISBN 978-4-04-109871-4

ISBN 978-4-04-108752-7